世界经典文学名著大全

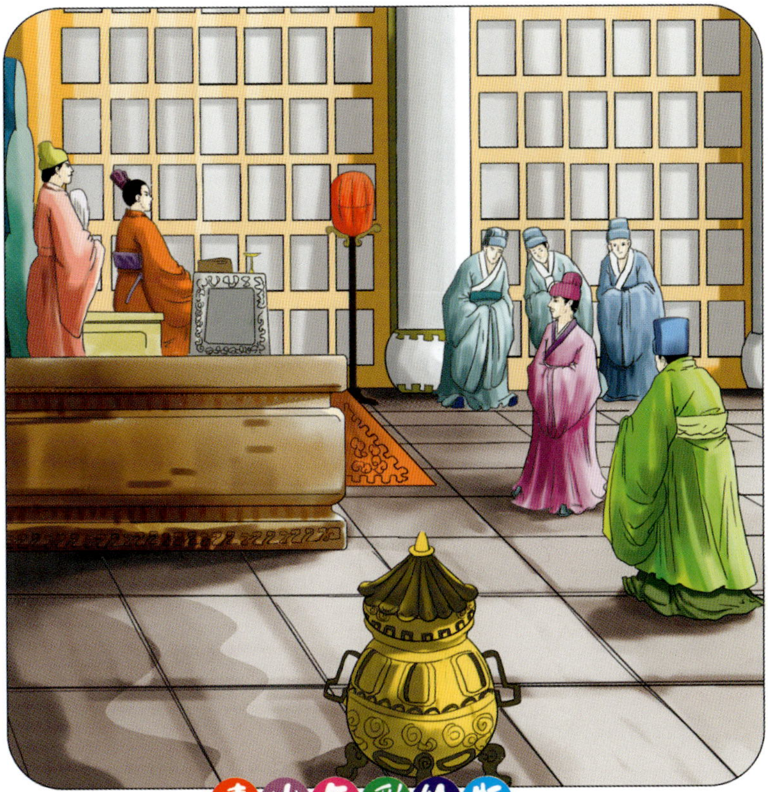

青少年彩绘版

东周列国志

【明】冯梦龙 原著

杨丽 改编

当代世界出版社

图书在版编目(CIP)数据

东周列国志 /（明）冯梦龙原著 ；杨丽改编. ——北京 ：当代世界出版社，2013.6

（世界经典文学名著大全 ：青少年彩绘版）

ISBN 978－7－5090－0899－7

Ⅰ. ①东… Ⅱ. ①冯… ②杨… Ⅲ. ①章回小说－中国－明代－缩写 Ⅳ. ①I242.4

中国版本图书馆 CIP 数据核字(2013)第 044330 号

书　　名:世界经典文学名著大全(青少年彩绘版)——东周列国志
出版发行:当代世界出版社
地　　址:北京市复兴路 4 号(100860)
网　　址:http://www.worldpress.org.cn
编务电话:(010)83907332
发行电话:(010)83908409
(010)83908455
(010)83908377
(010)83908423(邮购)
(010)83908410(传真)
经　　销:新华书店
印　　刷:三河市汇鑫印务有限公司
开　　本:710×1000 毫米　1/16
印　　张:14.75
字　　数:190 千字
版　　次:2013 年 6 月第 1 版
印　　次:2013 年 6 月第 1 次
书　　号:ISBN 978－7－5090－0899－7
定　　价:28.80 元

如发现印装质量问题，请与印刷厂联系。

郑庄公掘地见母

郑庄公来了，见到姜氏，便拜倒在地，说：“都是儿子不孝，没有向母亲请安，请母亲大人恕罪！”姜氏把他扶起来，母子二人抱头痛哭。

卫石碏大义灭亲

石碏大怒，说："州吁之所以弑兄夺位，都是石厚在其中撺掇才造成的。人家不必因为我的缘故而为石厚求情。而且，我一定要去陈国亲手杀了他，不然我就没脸去见祖先了。"

宋国纳赂诛长万

宋桓公下令将南宫长万斩首示众，连他八十岁的老母亲也一块杀了。

桓公举火爵宁戚

寺人貂问："您这么着急地找大夫礼服，是不是想要给宁戚？"齐桓公说："是啊。"

介子推守志焚绵山

有人在一棵枯死的柳树下面发现了介子推和他母亲的尸体。晋文公见了，痛哭流涕，十分后悔自己的做法。

智宁俞假鸩复卫

宁俞说："既然你对我推心置腹，那我就想个两全其美的办法，既不让卫成公受害，也不让你为难。"

弄玉吹箫双跨风

萧史说："我本来是天上仙人，天帝见人间的史籍散乱，所以派我来整理。天帝任命我为太华山之主，因为和你有前世的姻缘，所以以箫声应和。"

孟侏儒托优悟主

楚庄王说："我日夜思念孙叔敖，却永远不能和他相见。即便只是和他相似，也可以解我的思念之苦。你就不要推辞了，立刻就去接任相位吧。"

说秦伯魏相迎医

魏相当天就准备妥当，连夜赶往秦国。到了秦国，面见秦桓公。

围下宫程婴匿孤

一切都做好之后，程婴就去见韩厥，韩厥把孩子交给程婴。

晏平仲巧辩服荆蛮

楚灵王上殿，一看见晏婴，就问他："齐国难道是没人了吗？"晏婴说："齐国地大人多，呵气成云，挥汗成雨，走在路上都是肩并肩，脚挨脚，您怎么说齐国没人呢？"

越王勾践卧薪尝胆相

勾践每天夜以继日地辛苦劳作，冬天抱冰，夏天握火，睡在柴火堆里，从来不盖被子，还在自己的座位旁挂上苦胆，时常仰起头尝尝苦胆，告诫自己不要忘了会稽之耻。

吴起杀妻求将

吴起拿着妻子的头去面见鲁穆公。

邹忌古琴取相

齐威王说：“先生用琴来向我进谏，我明白了。”于是，就把邹忌留下来，和他讨论国事，邹忌劝齐威王远离声色，辨别忠佞，安抚百姓，经营霸王之业。

本书内容简介

《东周列国志》是明末小说家冯梦龙所写的一部历史演义小说，全书一百零八回。

它描述了从西周末年到秦始皇统一六国五百多年的历史，包括战乱频仍的春秋和战国，内容纷繁复杂，《东周列国志》里的故事都是在这个大的历史背景下发生的，其中所涉及的史实，以《战国策》、《左传》、《国语》、《史记》四部史书为参考。作者将繁杂的人物和事件融为一炉，条理清晰地叙述了那段历史，将是非善恶暴露于读者面前，这是冯梦龙对后世的贡献。

本书在《东周列国志》原著的基础上，采用通俗易懂的语言，重新编写，将那段历史呈现给小读者。

目录

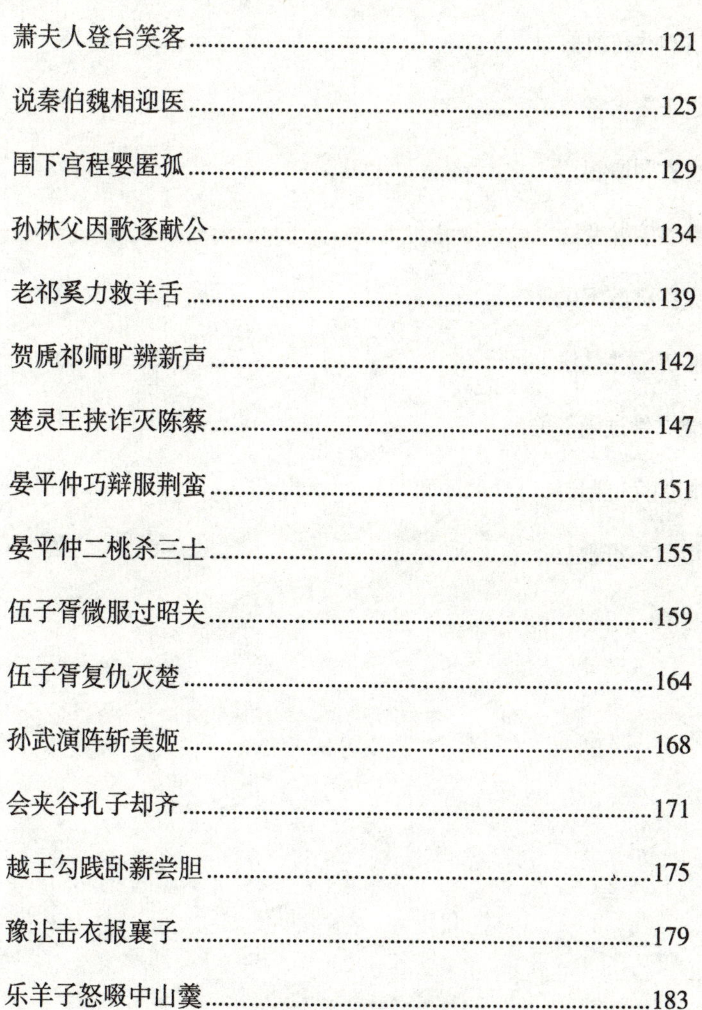

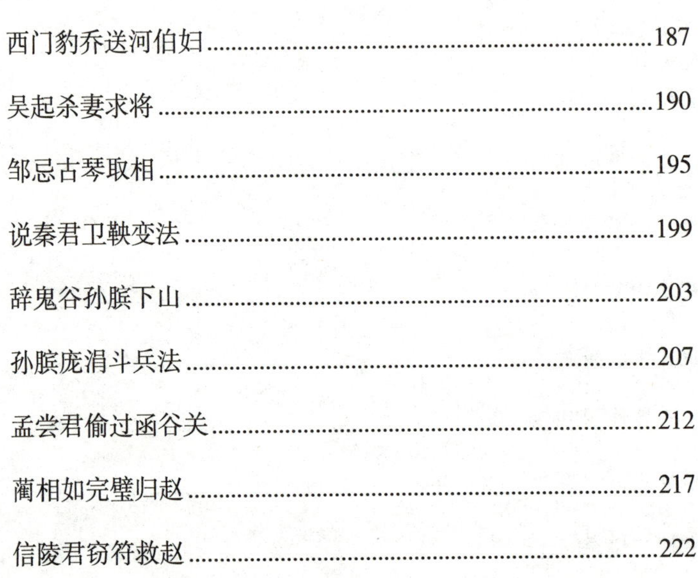

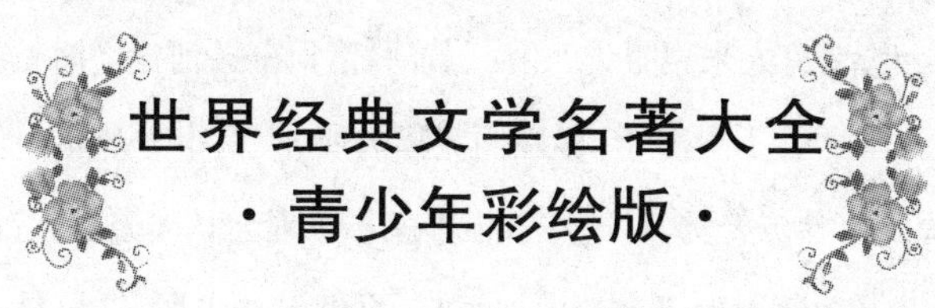

周幽王烽火戏诸侯

周幽王，姓姬，名宫涅，是西周王朝最后一位君王。周幽王生性暴虐，喜怒无常，每天沉溺于饮酒作乐，根本就不理朝政。再加上他疏远贤明正直的臣子，重用那些善于阿谀奉承之人，国家政事因此渐渐荒废了。

有一天，驻守岐山的官员向周幽王禀报说岐山发生了地震，请求周幽王派人前去抗震救灾。但是周幽王根本不把它当回事，笑着说："山崩地震是很正常的事，有什么大惊小怪的，还来向我禀报。"说完就退朝回宫，又去饮酒作乐了。大臣们知道多说无益，周幽王是不会听的，弄不好还会惹来杀身之祸，也都不敢多说。

过了几天,又有人来禀报说,泾河、黄河、洛河三条河流同时枯竭,岐山又发生了地震,还压坏了不少房子,百姓们流离失所,灾情十分严重。但是,周幽王此时只顾着四处寻访美女,对这件事根本就不予理会。大夫赵叔带实在是看不下去了,就上书劝谏周幽王说:"山崩河枯,百姓流离失所,这可是不祥之兆啊。大王不去招揽贤臣,辅政解忧,安抚百姓,却四处寻访美女,这怎么能行呢?"有一个叫虢石父的人,善于阿谀奉承,他站出来反驳说:"先王将都城定在镐京,就是因为在此地建都能保我西周朝千秋万代。那岐山只不过像是废弃的鞋子,根本没有什么用处了,发生地震又有什么关系?我看你是对大王有不满意的地方,所以才借此机会说这些话来吓唬大王吧。"周幽王一听这话,就相信虢石父说的,认为赵叔带是不满他的所作所为才危言耸听,心里十分恼火,立刻下令免了赵叔带的官,让他回到乡下去。赵叔带叹息着说:"古人曾说过,危险的地方不要去,动乱的地方不可以居住。我真是不忍心看见西周将要灭亡的景象,还是赶快离开吧。"于是就携带家眷去了晋国。

大夫褒珦从褒城来到都城镐京,听说赵叔带被免官,就急忙入朝求见周幽王。褒珦对周幽王说:"大王不理朝政,赶走贤臣,如果再这样下去,江山社稷恐怕就要保不住了。"周幽王大怒,下令把褒珦关进大牢。从此,大臣们都不敢再进谏,贤能的臣子也都离开了。

褒珦被关在大牢三年,受尽折磨。褒珦的儿子洪德心急如焚,想尽了各种办法想要把父亲救出来,但都没有成功。一个偶然的机会,洪德在乡下遇到了一个名叫褒姒的女子。褒姒虽然身穿布衣,生在穷乡僻壤,但是却丝毫不能掩盖她那天仙般的美貌。洪德想:"周幽王荒淫无道,沉溺酒色,不理朝政,只顾四处寻访美女,充斥后宫。如果我把这个美女进献给周幽王,说不定就可以为父亲赎罪了。”于是，洪德回到家里，和母亲商量了一番之后，就将褒姒带到了宫中。周幽王看到褒姒，一下子就被她的美貌迷倒了，立刻下令释放褒珦，让他官复原职。自此之后，周幽王和褒姒在后宫天天饮酒作乐，一连很多天都不去上朝，大臣们在朝门外等候多时也见不到周幽王的面，都叹息着离开了。

一年之后，褒姒生了一个儿子，取名伯服。周幽王对褒姒母子十分宠爱，不久，就废掉原来的王后和太子宜臼，立褒姒为后，伯服为太子。

虽然褒姒被立为王后，统领后宫，又有着周幽王的万千宠爱，但是她却从来不笑。周幽王想要看看褒姒笑的模样，于是就召来乐师宫女，让他们奏乐跳舞，但是，褒姒依然没有露出笑容。周幽王就问褒姒：“爱妃既然不喜欢音乐舞蹈，那喜欢什么呢？”褒姒说：“臣妾并没有什么喜好，以前在家的时候很喜欢听撕裂彩缯的声音。”周幽王说：“这个好办。”于是下令司库房拿来上百匹彩缯，让宫女们撕扯，但是褒姒依然没有露出笑容。周幽王就问：“爱妃为什么还是不笑呢？”褒姒说：“臣妾恐怕是天生就不笑。”周幽王说：“我一定想办法让你笑。”于是就下令：“如果谁能够让王后开颜一笑，就赏赐黄金千两。”

虢石父听到这个消息，就进宫对周幽王说：“大王可以带着王后到骊山去游玩，夜晚的时候把报告军情用的烽火点燃，到时候各诸侯以为镐京有贼寇入侵，一定前来救援。等他们来了，再告诉他们根本没什么事情发生，诸侯们就会再返回去。这么多人忙进忙出，一定会乱作一团。王后看到那样的情景一定就会展露笑颜。”周幽王觉得这个主意很好，于是就决定这样做。

此时，郑国的国君郑伯友刚好在镐京，他听说周幽王准备点燃烽火来博褒姒一笑，立刻进宫劝谏，但周幽王根本听不进去，还是带着褒姒去了骊山。到了晚上，周幽王命人点燃烽火，敲打起战鼓，诸侯们看见烽烟四起，又听到战鼓雷鸣，就以为镐京出事了，纷纷领兵点将，马不停蹄地连夜赶过来。等到了之后，却看到周幽王和褒姒在楼阁上饮酒作乐，根本就没有什么事，才知道是被戏弄了，一个个都敢怒不敢言，愤愤地离开了。褒姒站在楼上看着诸侯们气急败坏、忙做一团的样子，禁不住拍着手大笑起来。周幽王见状，高兴地说："爱妃这一笑，真是千娇百媚啊，这都是虢石父的功劳，我要重重地赏他！"于是，就赏了虢石父一千两黄金。这就是流传于世的"千金买笑"的故事。

这件事过后不久，真的有西戎军前来侵袭镐京，周幽王派人点燃骊山烽火向各诸侯求救，但是，诸侯们以为又是在戏弄他们，所以没一个人来。正在镐京的郑伯友只好一个人保护周幽王逃命。但是，由于势单力薄，最终还是被西戎军攻破了都城，杀死了周幽王和太子伯服，郑伯友也被乱箭射死。直到这个时候，诸侯们才知道镐京真的出事了，急忙率领军队前来救援，把西戎军队赶了出去。但是周幽王已死，国不可一日无君，于是，他们又找到原来的太子宜臼，扶持他继承王位，宜臼就是周平王。

此时的镐京到处都是一片狼藉，西戎军还时常来侵扰，周平王不胜其烦，于是就决定把都城迁到了洛阳，从此开始了东周时期。

郑庄公掘地见母

周平王迁都洛阳之后，开始论功行赏，郑国国君郑伯友因护卫周王室有功，周平王就赏赐了大片土地给郑国，并让郑伯友的儿子掘突承袭了郑伯友的爵位。掘突就是郑武公。不久，郑武公趁东周尚未安定、动乱频发之际，兼并了郑国周边的土地，扩大了郑国的疆土，并把都城迁到了郐地，郑国由此成为东周初期的强国之一。

武公十年，郑武公娶了申侯的女儿姜氏做夫人。姜氏生了两个儿子，长子叫做寤生，次子叫做段。因为在生寤生的时候难产，姜氏认为寤生天生就和她不合，所以一直不喜欢寤生。而次子段，生得一表人才，勇猛无比，善于射箭，武艺高强，姜氏十分疼爱他。姜氏经常在郑武公面前称赞段是如何如何贤德，并极力劝说郑武公立段为太子，但是郑武公认为长幼有序，所以没有答应，还是把寤生立为世子，只把一个小小的共城赐给段作封地，称段为共叔。姜氏的心里十分不高兴，但又无可奈何。郑武公去世之后，寤生即位，就是郑庄公。

姜氏见段在小小的共城内无权无势，总觉得闷闷不乐，于是便让郑庄公把京城封给共叔段，号称太叔。大臣祭仲进谏郑庄公说："京城比国都还大，分封给您的弟弟恐怕不符合体制。"郑庄公说："我的母亲想要这样，我又怎么敢违逆她的意愿呢。"

但是，即便是这样，姜氏仍然不满意，她暗地里对共叔段说："你的哥哥不念手足之情，对你太刻薄了，我再三恳求，他才同意把京城封给你。你到了京城之后，要尽快地招兵买马，做好一切准备，等将来一有机会，你就带兵攻打回来，我做你的内应。如果你能代替你的哥哥做国君，我就是死了也没有什么遗憾了！"于是，共叔段就按照母亲的吩咐去了京城。到了京城之后，共叔段私自收取西城北城的贡税，掌控了两城的兵马，开始谋划着攻打郑都。

郑国大夫公子吕劝说郑庄公早日铲除共叔段，以免后患无穷。郑庄公当面没有说什么，回到后堂之后，他对公子吕说："这件事情我也考虑很长时间了。虽然共叔段不守规矩，私下里招兵买马，但是，目前他还没有公开叛乱。我要是就这样治他的罪，我的母亲一定会从中阻拦，百姓也会议论纷纷，不但说我不讲兄弟情谊，还会说我对母亲不孝。我现在不去管他，让他恣意放纵，等到日后真的造反的时候，就可以光明正大地定他的罪，到那时，百姓们不会说我不义不孝，我的母亲也没什么可说的了。"公子吕说："大王真是有远见卓识。但是如果这样等下去，假使有一天共叔段的势力壮大到我们无法阻止的地步，那岂不是太危险了。我们不如设下一计,让他自投罗网。”郑庄公问:“什么计策?”公子吕说:“大王假装去洛阳拜见天子,您一离开,共叔段以为国内空虚,肯定会趁机带兵来攻打。到时候,我事先在京城附近做好埋伏,等他出了城,我就占领京城。大王从后面追击过来,共叔段就会腹背受敌,插翅难飞。”两人商量妥当之后就各自回去准备。

第二天,郑庄公就假装去洛阳朝见天子。姜氏听说了这一消息,心中大喜,立刻写了一封密信给共叔段,让他带兵来攻打郑都。共叔段果然带兵前来,但却正好中了郑庄公和公子吕事先做好的埋伏,很快就被打得落花流水。共叔段狼狈不堪地逃到共城,带领着残余的军队闭门自守。郑庄公率领两路大军很快就把共城攻破。共叔段见大势已去,悲叹着说:“唉,都是母亲害了我啊!我还有什么面目去见我的兄长呢!”说完,便拔剑自刎了。

郑庄公搜出了姜氏写给共叔段的密信,派人把信还给了姜氏,并下令把姜氏送到颍地居住,还发下誓言说:“不到黄泉,绝不相见!”姜氏看了书信,羞愧难当,知道无颜面对郑庄公,收拾东西,离开王宫,去了颍地。

郑庄公回到都城之后,看不到母亲,心里又开始有些后悔,长叹一声说:“我迫不得已杀了弟弟,又怎么忍心让母亲离开呢?我真是不讲天伦的罪人啊!”可是,话已经说出去了,也不能随便违背誓言。

话说有个名叫颍考叔的人,是颍城的一个官员,为人正直,孝顺父母,友爱兄弟。他见郑庄公把姜氏安置到颍城,就对别人说:“母亲可以没有母亲的样子,但是儿子却不可以没有儿子的样子。大王这样做,真是太有伤教化了。”于是,他找来几只猫头鹰,借着进献野味的名义,去拜见郑庄公。

郑庄公问颍考叔:“这是什么鸟啊?”颍考叔回答说:“这种鸟名叫猫头鹰。

白天的时候，即便是泰山这样大的东西它都看不见，但是到了晚上却能明察秋毫。也就是说，这种鸟对小的东西能看得一清二楚，大的东西反而看不清。而且，这种鸟小的时候，被母亲含辛茹苦地养大，但是长大之后反而会把它的母亲啄死，是一种不孝的鸟，所以我才把它抓来吃了。"郑庄公听了之后默不作声。正巧，厨房送来一只蒸羊，郑庄公让人割下一只羊腿，赐给颍考叔吃。颍考叔把羊腿上的好肉挑选出来，用纸包好，放在袖子里。郑庄公十分纳闷，就问他缘故。颍考叔说："我家里还有老母亲，因家境贫寒，没有什么好吃的，每次有了什么野味，我都会让母亲先吃。现在大王赐给我肉，我一想到家中的老母亲还没吃，就难以下咽，所以准备带回去一些磨成肉羹给母亲吃。"郑庄公听后赞扬说："你可真是个孝子啊！"相比之下，自己与母亲不能相见，无法享受天伦之乐，想到这些，郑庄公心中一阵凄凉，不觉长叹了一声。颍考叔问："大王为什么叹息啊？"郑庄公说："你有母亲奉养，可以尽自己的孝心。我虽然贵为诸侯，却不能像你那样尽孝啊！"颍考叔假装不知道是怎么回事，就问："姜夫人身体健康，您怎么不能尽孝啊？"于是，郑庄公就把姜氏和共叔段合谋攻打郑都、自己将姜氏安置到颍城的前因后果详细地告诉了颍考叔，并告诉他自己现在非常后悔。

颍考叔听了之后说："如今，共叔段已经死了，姜夫人就剩下您一个儿子，如果您不去奉养，和那种不孝的猫头鹰有什么分别？倘若您是为当初的誓言而发愁，小臣倒是有个计策。"郑庄公急切地问："什么计策？"颍考叔说："你只要派人挖一条地道，挖到地下有泉水的地方，在那里建一座房子，把姜夫人接到里面去住，您和她在那里相见，这样既不违背誓言，又能尽孝，岂不是一举两得？"郑庄公听了十分高兴，立刻派人去挖地道。挖到有泉水的地方，就修建了一座房子，还做了一架长梯，直接通到这里。颍考叔把姜氏接到房子里，告诉她郑庄公后悔当初的决定，想要把她接回去，姜氏听了之后悲喜交加。不一会儿，郑庄公也来了,见到姜氏,便拜倒在地,说:“都是儿子不孝,没有向母亲请安,请母亲大人恕罪!”姜氏把他扶起来,母子二人抱头痛哭。之后,便一同走了出来,高高兴兴地回家去了。

郑国的百姓看见郑庄公母子团圆,都纷纷表示祝贺,称赞郑庄公是个孝子,颍考叔是个贤臣。郑庄公感谢颍考叔成全了自己的孝心,就封他做大夫,辅佐自己。

卫石碏大义灭亲

石碏，卫国大夫，性情耿直，忠君爱国，敢于直言进谏，深受卫国百姓的爱戴。

卫庄公在位的时候十分溺爱儿子州吁。州吁性格暴躁，喜好武艺，仗着卫庄公的宠爱更是常常恣意妄为。于是，石碏就对卫庄公说："我听说真正疼爱孩子的人，应该教育孩子言谈举止符合规范，要用正确的道理去引导他，不要让他走上邪路。如果过分的宠爱就会让他骄傲自大，进而就会引起祸乱。如果您想传位给州吁，就赶快把他立为世子，对他严加管教；如果还没拿定主意，就不要过于放纵他，这样才不至于招来祸患。”但是，卫庄公根本就听不进去，依然只是一味宠爱州吁而对他疏于管教。

石碏的儿子石厚和州吁十分要好，两人常常一起驾车出去打猎，有时还会去骚扰百姓。石碏为了不让石厚和州吁交往，用鞭子打过石厚，也把他关起来过，但最终还是无法制止。卫庄公死后，公子完即位，就是卫桓公。石碏见卫桓公生性怯懦，成就不了大事，于是就告老还乡，不再参政。

而此时的州吁更加骄横霸道，整天和石厚谋划着篡位夺权。不久，周平王驾崩，卫桓公准备去洛阳吊唁。石厚就对州吁说：“这可是个千载难逢的好机会啊。我们可以趁桓公去吊孝的机会，在城门外设酒宴为他送行，在酒宴上把他杀掉。到时候，诸侯的位子就是您的了。”两人商定之后，就依计行事，在酒宴上杀了卫桓公。随驾的大臣们知道州吁的武力了得，都不敢反抗，只能投降归顺州吁。就这样，州吁成了卫国国君，石厚被封为大夫。

虽然，州吁对外谎称卫桓公是得暴疾而死的，但是，百姓们都纷纷传言州吁弑兄夺位。这话传到了州吁耳里，他立刻把石厚召进宫，商量如何安抚百姓，树立威信。石厚说：“我的父亲石碏，曾经位居上卿，向来受到百姓的爱戴，您如果能把他征召入朝，共商国事，百姓们一定就会安定下来。”于是，州吁就派人带着厚礼去请石碏入朝为官。石碏推托年老多病，坚决不肯接受。州吁问石厚：“你父亲不肯入朝做官，那我亲自去家里向他讨教安抚百姓的计策，怎么样啊？”石厚说：“即便是您亲自去了，他恐怕也不肯出来见您。这样吧，我去问问他。”

回到家之后，石厚向石碏请教安定君位的办法。石碏说：“只要去朝见周天子，得到周天子的任命，百姓们就不会有什么流言飞语了。”石厚说：“这个方法很好，但是，就这样无缘无故地去，周天子一定会起疑，一定要有人向周天子说说情才行。”石碏说:“陈国的陈桓公深受周天子的宠信,卫国和陈国的关系又向来不错,如果让陈桓公去请求周天子,就一定能够办成。”石厚把父亲石碏的话告诉了州吁,州吁听了之后大喜,立刻派人准备好厚礼,由石厚护驾,去了陈国。

实际上,让州吁、石厚去陈国是石碏设下的一个圈套。原来,石碏向来和陈国的大夫子鍼的关系很好,石碏早就写了一封血书,派人秘密送到了子鍼那里,告诉子鍼:“卫国国土狭小,却不幸发生了弑君篡位的事情。这两个人就是杀死我国国君的罪魁祸首,我已经老了,没办法去诛杀罪人了,我有负于先王对我的厚爱。现在这两个人前往贵国,希望您能帮我处置了他们。”州吁和石厚并不知情,他们到了陈国之后,被安排在客馆中休息,约好第二天在太庙中拜见陈桓公。

第二天一大早,太庙中点上熊熊燃烧的火炬,陈桓公坐在中央,左右两边的傧相整整齐齐地列好队列。石厚先来到,他看见太庙门口立着一面白牌,上面写着:为臣不忠,为子不孝者,不许入庙!石厚大吃一惊,赶忙向大夫子鍼询问:“立这面牌子是什么意思呢?”子鍼说:“这是我们先王的训诫,陈桓公不敢忘记,所以在这里立下牌匾,时刻警示自己。”石厚就没再怀疑什么。不一会儿,州吁也来了,在石厚的导引下,两人进入太庙。州吁刚要行礼,只听子鍼大喝一声:“周天子有命:捉拿弑君篡位的罪人州吁、石厚!”说完,就将州吁、石厚二人捉住,其他跟随来的兵马还都在太庙外等候,不知道里面发生了什么。子鍼将石碏的血书拿出来,对大家说明了原因。大家听了之后,才知道是石碏设下的计策,让陈国帮助捉拿反臣,大家也都知道州吁的罪过,就四散离开了。

陈桓公准备把州吁、石厚两人就地正法,但是大臣们说:“石厚是石碏的亲生儿子,我们还是让卫国去处置吧。”于是,陈桓公连夜派人去卫国询问处置意见。

石碏得到陈国送来的书信后，连忙请朝中百官到朝中商议，右宰丑主张将乱臣贼子杀掉，并请求去办理这件事情，其他的大臣说："右宰丑可以担此重任。但是，既然已经决定将州吁正法，石厚只不过是从犯，可以适当减轻处罚。"石碏大怒，说："州吁之所以弑兄夺位，都是石厚在其中撺掇才造成的。大家不必因为我的缘故而为石厚求情。而且，我一定要去陈国亲手杀了他，不然我就没脸去见祖先了。"石碏的家臣獳羊肩说："大人不要生气，还是我代替您去吧。"

于是，石碏就派右宰丑将州吁杀掉，派獳羊肩将石厚杀掉。石碏为大义而杀掉自己的亲生儿子，真是忠诚无私的臣子！

鲍叔牙力荐管仲

管仲，名夷吾，字仲，齐国颍上人。管仲相貌堂堂，博古通今，尤其对古代典籍十分熟知，有匡时济世的胸怀。

管仲年轻的时候就和鲍叔牙交往。管仲的家境比较贫寒，两人曾经一块经商做买卖，每次赚了钱之后，管仲总会自己多分一些。时间久了，鲍叔牙的随从很不高兴，认为管仲贪婪，鲍叔牙说："管仲并不是贪图这一点点钱财，他的家境困难，是我自愿多分给他一些的。"管仲也曾经领兵打仗，但每次到了战场上，他要么躲到队伍的后面不去奋勇杀敌，要么临阵脱逃。有人就笑话管仲贪生怕死，但是鲍叔牙却说：“管仲是因为有老母亲需要赡养，所以才那么珍惜性命，怎么会是怕死呢？”管仲曾经多次为鲍叔牙谋划事情，却反而使鲍叔牙更加困顿，鲍叔牙说：“人都有走运或不走运的时候，管仲只是现在不走运罢了。一旦遇到好的机遇，管仲一定会成就一番大事。”

管仲听说了鲍叔牙的这些话，说：“生养我的是父母，而真正了解我的却是鲍叔牙！”于是，两人结为生死之交，感情更加深厚了。

齐襄公有两个儿子，长子是公子纠，次子是小白。管仲和鲍叔牙商量说：“齐襄公有两个儿子，日后继位的不是公子纠就是小白。我们各自辅佐一个人，不管将来谁继位，我们就互相推荐。”于是，管仲去辅佐公子纠，而鲍叔牙去辅佐小白。后来，因为齐襄公荒淫残暴，公子纠和小白分别逃到了鲁国和莒国。

没过多久，齐国的公孙无知杀掉齐襄公，篡位夺权，但不久就被齐国大臣合力铲除了。大臣们重新安葬了齐襄公，并商议把公子纠从鲁国接回来做国君。鲁庄公亲自带兵护送公子纠前来继位。管仲对鲁庄公说：“公子小白在莒国，而莒国距离齐国更近一些。倘若他先回到齐国，很可能就会抢先继承王位。请您给我一些兵马，我去阻止他。”管仲带着兵马日夜兼程地去阻截公子小白。

再说公子小白确实向莒国借了一些兵马正赶往齐国。到了即墨，管仲听说公子小白的兵马已经过去了，于是快马加鞭去追赶。追了三十多里才追上。管仲见公子小白坐在车子里，就上前行礼，问他：“公子这是准备去哪里啊？”公子小白说：“我去奔父丧。”管仲说：“公子纠是长子，理应主持丧礼，您就不必费心了。”鲍叔牙在一旁说：“我们各为其主，你就不要多说了，还是回去吧。”管仲见莒国的士兵各个怒目圆睁，担心寡不敌众，便假装着离开。突然，管仲掏出弓箭，瞄准公子小白，“嗖”的一声射过去，公子小白大喊一声，口吐鲜血，晕倒在车上。鲍叔牙立刻跑过去，众人也大叫："不好了。"然后就痛哭起来。管仲以为小白死了，就赶忙带着兵马飞驰离开。

谁知道公子小白没有死，管仲并没有射中小白，只是射中了他腰带上的钩。公子小白知道管仲只有看到他死才会甘心，所以就咬破舌头，弄得满口鲜血装死。鲍叔牙担心管仲会返回来，立刻护送公子小白抄小路赶到齐国，并说服了大臣们，立公子小白为国君，就是齐桓公。

管仲得知了这一消息，就在鲁庄公的支持下，借用鲁国的兵力向齐国进攻。但很快，鲁国军队就被打得节节败退。齐桓公派人送给鲁国一封信，要求鲁国杀掉公子纠，以及管仲、召忽等辅臣，如若不然就会包围鲁国都城。鲁国人怕齐国军队乘胜包围，于是就杀死了公子纠，召忽看到自己的主子被杀，就自杀殉主了，但管仲却没有自杀，而是求鲁国把自己关进囚车，送到齐国来为公子纠申冤。

走到堂阜这个地方，鲍叔牙正在等管仲。鲍叔牙对管仲说要把他推荐给齐桓王。管仲说："我侍奉公子纠，既没有辅佐他继承王位，又没有自杀殉主，我已经丧失了气节，又怎么能去侍奉仇人呢？如果召忽知道，一定会在地下取笑我。"鲍叔牙说："话不能这样讲。成大事的人不必过分担忧小的耻辱，建立大功业的人不必拘泥于小的礼节。你有匡时济世的才干，只是一直没有遇到贤明的君主。现在齐桓公志向远大，如果有你的辅佐，一定能够使齐国功盖天下、扬名诸侯，成就一番霸业。这不是功在千秋的好事吗？"管仲听了沉默不语，鲍叔牙替他解开绳索，让他先留在堂阜。

鲍叔牙立刻赶回临淄，面见齐桓公，把管仲推荐给齐桓公。齐桓公说："管仲射杀我的箭还在呢，我杀他还来不及，凭什么重用他呢？"鲍叔牙说："作为臣子,他也是为主尽忠。如果您能重用他,他一定会为您把天下揽于囊中,帮您成就一番霸业。”齐桓公说:“那我就听你的建议,姑且免了他的死罪吧。至于任用的事情,以后再说吧。”于是,鲍叔牙就把管仲接到自己家里,每天和他高谈阔论。

齐国的统治秩序逐渐稳定后,齐桓公论功行赏,想要封鲍叔牙为上卿,执掌国政。鲍叔牙说:“大王厚爱微臣,是我的荣幸。但是,治理国家的重任我实在是当担不起。”齐桓公说:“你的为人我十分清楚,你就不要推辞了。”鲍叔牙说:“你所谓的知道微臣,大概是说我谨小慎微、遵守规范,这是做臣子应该具备的,但并不能以此来治理国家。所谓的治国,就是对内能够安抚百姓,对外能够抵抗入侵,使国家安定富强,使大王的功业延续千秋万代。我怎么会有这样的本领呢?”

齐桓公靠近鲍叔牙,急切地问:“像你这么说的话,现在有能担此大任的人吗?”鲍叔牙说:“大王如果不想找这样的人也就算了,如果一定要找,管仲怎么样?我有五个方面比不上管仲:宽厚待民,我比不上他;治理国家,我比不上他;忠诚信实,我比不上他;传播礼仪,我比不上他;鼓舞斗志,我比不上他。”齐桓公听了,就说:“那你把管仲叫来,我和他谈谈。”鲍叔牙说:“大王如果想要重用管仲,就请您任命他为国相,给予他丰厚的俸禄,用对待父兄的礼仪对待他。因为一国的国相是君王的副手,随便地召见,就是看不起他,看不起国相就相当于看不起国君。不一般的人就应该用不一般的礼仪去对待。大王您应该选个良辰吉日,亲自去迎接他。这样的话,四方的诸侯听说您不计前嫌、礼贤下士,一定会有更多贤能的人来投奔您。”齐桓公听从了鲍叔牙的建议,选了个好日子,沐浴更衣,亲自去迎接管仲。

齐桓公和管仲一连促膝长谈了三天三夜,也完全没有感到疲倦。齐桓公对管仲的治国才能佩服得五体投地，就将管仲拜封为国相，让他执掌国政。齐桓公得到管仲之后，与鲍叔牙、隰朋、宁越、东郭牙等人励精图治，发展经济，很快就使齐国成为春秋五霸之一。

战长勺曹刿败齐

鲁庄公听说管仲被任命为齐国国相后，十分生气，大怒说："我竟然被这个小子给骗了。早知如此，当初就不会把他送到齐国。"于是，又整顿军队，准备去攻打齐国。

齐桓公听到鲁国要来攻打的消息，十分惊慌，赶忙召见管仲，对管仲说："我刚刚登基，国家还不安定，真的不想四处征战。但是，鲁国就要来攻打我们了，我们是不是应该先发制人，主动出兵？"管仲回答说："我国的军队还不够强大，军心还不稳定，还是不要轻举妄动了。"但是，齐桓公不听，他任命鲍叔牙为将军,率军队在长勺迎战鲁国军队。

鲁庄公向大夫施伯询问:“齐国简直欺人太甚了,我们用什么办法去攻打他们呢?”施伯说:“我向您推荐一个人,他可以打败齐国。”鲁庄公急切地问:“你推荐的是谁啊?”施伯说:“我认识一个人,姓曹名刿,隐居在东平乡下,他虽然从来没有做过官,但却是个难得的将相之才。”于是,鲁庄公立刻派施伯前去请曹刿。

施伯见到曹刿,把鲁庄公急切地招揽他入朝的事说了。曹刿笑了笑,说:“那些身居官位的人难道没有计策吗?怎么会来向我这样的平民百姓讨要计策呢?”施伯说:“平民百姓能够为国家大事出谋划策,那他离封官加爵就不远了。于是,曹刿就和施伯一块来拜见鲁庄公。

鲁庄公问曹刿:“你有什么办法可以打败齐国?”曹刿回答说:“在战场上打仗,形势瞬息万变,是不能事先预料的。希望大王能给我一辆战车,让我在军中观察,见机行事。”鲁庄公听到他说的,非常高兴,就和他一块乘着战车,奔赴长勺。

鲍叔牙听说鲁庄公带兵来抵抗,就严阵以待。但是,因为之前曾经打败过鲁国军队,鲍叔牙这次对鲁国军队有些轻视。他看见鲁国大军列阵相对,就下令击鼓进军,并说:“先攻入鲁国军中的将重重有赏。”鲁庄公听到齐军擂鼓进兵,也准备下令击鼓迎战。曹刿阻止说:“齐军的气势正强盛,我们先静静地等待。”并传令军中:“有大声喧哗的立即处斩。”齐国大军浩浩荡荡地冲到鲁国军队面前,但是鲁军的阵势严严整整的就像是铁桶一样,根本就打不进去,齐军没有办法只好退了回去。

过了一会儿,齐军又擂起了战鼓,气势汹汹地杀了过来,但是鲁军依然充耳不闻，一点动静也没有，齐军只好又退了回去。鲍叔牙见鲁军始终没什么反应，就高兴地说："看来鲁军是害怕了，我们再擂战鼓去攻打，鲁军一定落荒而逃。"这边曹刿听到齐军又擂起战鼓，就对鲁庄公说："打败齐军的时机到了，请下令击鼓迎战。"

于是，鲁庄公下令击鼓出兵。这是鲁军第一次击鼓，但齐军已经是第三次了。之前的两次，齐军见鲁军按兵不动，以为他们害怕，不敢应战，所以根本没把鲁军放在眼里。谁知道，鲁军这次敲击战鼓，突然出兵，刀砍箭射，势如迅雷，一下子让齐军措手不及。齐军被打得七零八落，大败而逃。鲁庄公见状，准备乘胜追击，曹刿说："不要着急，让我来看看。"说完就下了车，把齐军列阵的地方仔细观察了一下，又登上战车往远处看看，思忖了好一会儿才说："可以追击了。"于是，鲁庄公带着军队又追击了三十多里地才回来，缴获的兵器不计其数。

鲁庄公打败齐军，十分高兴，就问曹刿："你只击了一次战鼓就击败齐军的三次击鼓，这是什么原因啊？"曹刿回答说："作战讲究的是士气，士气勇猛就能够取胜，士气衰落就会失败。击鼓是用来振作士气的。第一次击鼓士气最强盛，第二次击鼓士气就开始衰落，第三次击鼓士气就耗尽了。我刚开始的时候不让击鼓，就是为了养足三军的士气。齐军击了三次鼓，士气已经耗尽了，我军这边第一次击鼓，士气正是最强盛的时候，用有最强盛士气的军队去攻打已经耗尽士气的军队，当然就会取胜了。"

鲁庄公又问："齐军既然已经被打败，为什么刚开始的时候你不让我乘胜追击，后来才让追呢？"曹刿说："齐军向来狡诈，我担心他们会有埋伏，是诈败。我下车之后查看了他们的车辙痕迹，发现横七纵八的，说明齐军的军心大乱；我又登车远望，看见齐军的大旗乱七八糟，士兵们都急于逃命，这才确定齐军是真的败退，所以才让您去追击。”鲁庄公听了曹刿的话，赞叹道：“你可真是个懂得用兵打仗的人才啊！”

于是，鲁庄公将曹刿封为大夫，并重重赏赐了举荐曹刿的施伯。

宋国纳赂诛长万

长勺之战后，齐军失败而归，齐桓公十分气愤。为了雪耻，也为了重新树立齐国的威信，齐桓公派人到宋国拜访，请宋国出兵一块攻打鲁国。宋闵公正想和齐国建立友邦关系，听说齐国前来邀请，就立即答应，并约定好了出兵的日期。

到了出战的日子，宋国任命南宫长万为将军，猛获为副将，齐国任命鲍叔牙为将军，仲孙湫为副将，各自统领大军，在郎城汇合。齐军驻扎在鲁国东北，宋军驻扎在鲁国东南。

鲁庄公见齐国为报仇而来，气势汹汹，又有宋国相助，还听说宋国将军南宫长万力大无穷，无人能敌，实在不知道该怎样去抵抗，愁得眉头紧锁。大夫公子偃先去看了看齐、鲁两军的情况，回来向鲁庄公禀报说："齐国的鲍叔牙戒备森严，军容整齐。宋国的南宫长万自恃勇猛，以为天下无敌，军队松散，戒备不严。我们可以趁这个机会去偷袭宋军，他们没有什么防备，一定会被我们打败。到时候，没有了宋国的帮助，齐军也就不会单独留下来了。"鲁庄公说："你这个计策好是好，但是你不是南宫长万的对手啊。"公子偃说："请允许我试试。"于是，鲁庄公就派公子偃带军偷袭宋军，自己在后面接应。

公子偃让人将上百张虎皮蒙在马上，带着一支军队，乘着月色，悄悄地到了宋营，宋军一点也没觉察出来。公子偃命令士兵举起火把、擂起战鼓，冲进了宋营。火光下，宋军突然看见一队猛虎咆哮着冲了进来，个个吓得面无血色，四处窜逃。南宫长万虽然勇猛无比，但士兵四散逃跑，单凭一人之力根本就无济于事，自己也只好后退。鲁庄公带着军队前来接应，和公子偃的军队合在一起，连夜追杀宋军。

南宫长万见逃脱不掉，就对猛获说："看来今天是要决一死战了，不然根本就回不去。"于是两人调转马头，冲进了鲁国大军中厮杀起来。鲁军见南宫长万凶猛无比，都不敢上前。鲁庄公见没人敢去和南宫长万交战，就对旁边的歂孙生说："我听说你也是力大无穷，你能去和南宫长万决一胜负吗？"歂孙生拿着大戟就直奔南宫长万。两人战了十几个回合，不相上下。鲁庄公让身边的人取来金仆姑。金仆姑是鲁军特有的一种弓箭，威力无比，穿透力极强。鲁庄公搭弓射箭，瞄准南宫长万就是一箭，只听"嗖"的一声，正中南宫长万的右肩。南宫长万忍着剧痛拔出箭，歂孙生趁机用戟刺在了他的腿上。南宫长万一下就倒在了地上，想要挣脱的时候已被歂孙生死死地按住了双手。其他的宋国士兵

一看主将已经被擒住,都纷纷逃走了。鲁军大获全胜,鸣金收兵。

回去之后,鲁庄公重赏了歂孙生。南宫长万虽然深受重伤,但是依然站立着,一点也看不出他有多么疼痛。鲁庄公十分钦佩南宫长万的勇气,就将他留在鲁国厚待他。鲍叔牙听说宋军大败,就带军返回了齐国。

后来,齐鲁两国摒弃前嫌,重修旧好。鲁国又在宋国遭遇水灾的时候派人救助,于是齐、鲁、宋三国也都重新和好。宋国请求鲁国释放南宫长万,鲁庄公答应了。

南宫长万回到宋国后,去拜见宋闵公。宋闵公开玩笑地说:"我以前很敬重您,现在你是鲁国的囚犯,我以后不再敬重你了。"南宫长万听了之后,很惭愧地从宫里退了出来。大夫仇牧对宋闵公说:"君臣之间要以礼相交,不能随便开玩笑。开玩笑的话就会显得不敬重,不敬重就会导致傲慢,傲慢而无礼就会产生逆乱,大王一定要切记啊。"宋闵公毫不在乎地说:"我和南宫长万关系很好,开开玩笑没什么事的。"

周庄王十五年,周庄王驾崩,太子胡齐即位,称为周僖王,讣告到了宋国。当时宋闵公正和宫人们游玩,让南宫长万掷戟为乐。原来,南宫长万有个本领,他能把戟高高地抛向空中,然后再用手接回来,每次都接得很准。南宫长万表演了这个本领,宫人们都赞不绝口。宋闵公看了有些妒忌,于是就让人拿来棋盘,要和南宫长万比试,输的人要罚酒。宋闵公擅长下棋,南宫长万一连输了五局,罚喝了五斗酒,开始有些醉了,心里不服气,就要再和宋闵公比试。宋闵公说:"你这个囚犯是败将,还想和我赌胜吗?"南宫长万听了这话,心里很生气,但也没敢说什么。正巧这时,有人来报周庄王驾崩,新王即位,于是宋闵公就准备派人前去吊唁。

南宫长万说:“我从来没去过周都,想要一睹周都的繁盛,请您派我前去吧。”宋闵公笑着说:“宋国即便是没什么才能出众的人,也不至于到了派囚犯前去吊唁的地步啊。”宫人们都大声笑了起来。南宫长万一听这话,面红耳赤,恼羞成怒,借着酒劲,也不顾君臣之分,大声骂道:“你这个无道昏君,你知道囚犯能杀人吗?”宋闵公也大怒道:“你这个囚犯敢这么无礼!”说着就要去抢南宫长万手里的戟。南宫长万一手拿起棋盘,把宋闵公打到在地,又重重地打了几拳,不几下宋闵公就被打死了,宫人们见状都吓跑了。

南宫长万的怒气还没消下去,他提着戟,气冲冲地走出去,在朝门前遇到大夫仇牧。仇牧问他怎么回事,南宫长万说:“这个昏君无礼,我已经把他杀了。”仇牧笑着说:“将军喝醉了吧,怎么说些醉话呢?”南宫长万说:“我没有喝醉,我说的都是真的。”就让仇牧看自己手上的血迹。仇牧一看,知道是真的,就勃然大怒,大骂道:“你这个逆贼,杀害国君,简直天理难容。”说着,仇牧举起手中的笏就去打南宫长万。南宫长万的力气就像是只老虎,一只手就把笏打落,另一只手一挥就把仇牧的头打烂了。

太宰华听说宫廷发生了政变,率兵前来讨伐,在宫门外遇到南宫长万,南宫长万二话不说,上去就是一戟,杀死了太宰华。南宫长万将宋闵公的从弟公子游立为宋君,众公子逃往萧,公子御说逃往亳。南宫长万说:“公子御说才能出众,又是宋闵公的嫡亲弟弟,如今逃往亳,将来是个后患。如果把公子御说杀掉了,就可以高枕无忧了。”于是,南宫长万派儿子南宫牛率兵去围困亳。

宋闵贵族萧叔大心联合曹国军队前去救亳,内外夹击,杀掉南宫牛,宋兵都投降了公子御说。戴叔皮对公子御说说:“我们可以借这些降兵的旗号,谎称南宫牛已经攻克亳,让南宫长万失去警戒心,然后我们趁机率兵去攻打他。”公子御说点头同意。

到了宋国，骗开城门后，公子御说的士兵一拥而入，边走边大声喊："只捉拿逆贼南宫长万一人，其他的人不要惊慌。"南宫长万一看情况不妙，惊慌着准备逃走。忽然想起家中还有八十岁老母，又返回家中，用辇车推着老母亲，一路杀了出去，直奔陈国。

公子御说即位，他就是宋桓公。宋桓公派人带着厚礼出使陈国，要去捉拿南宫长万。陈宣公贪婪，接受了宋国厚礼后就答应将南宫长万归还宋国。但是，陈宣公担心南宫长万力大无比，难以制服，于是就设下一个圈套。他派公子结对南宫长万说："我们大王得到您，就像是得了十座城池。即便宋国再来上一百次，我们也不会把您交出去。大王担心您会起疑心，所以特地派我来给您说这些话。如果您实在嫌弃陈国国力弱小，要去别的大国，我们也愿意让您在这里休息一段时间，然后给您车马，送您到大国去。"南宫长万听了，哭泣着说："承蒙大王不嫌弃我，肯收留我，我还能有什么别的要求呢？"

第二天，南宫长万到公子结家里去拜谢，公子结留南宫长万饮酒，南宫长万醉倒在座席上。公子结让人用皮革把南宫长万包起来，又用牛筋捆起来，还把南宫长万的老母亲押着一块连夜送到宋国。走到半路，南宫长万醒过来，使劲挣脱，但是被捆得死死的，根本就逃脱不了。快要到宋国的时候，南宫长万使劲挣破皮革，露出手脚，押送的士兵担心他逃跑，就打断了南宫长万的手脚。到了宋国，宋桓公下令将南宫长万斩首示众，连他八十岁的老母亲也一块杀了。

桓公举火爵宁戚

齐桓公任用管仲为相之后，励精图治，发展经济，教化百姓，很快就使齐国的国力更加强盛，于是齐桓公就想要做诸侯之首。在管仲的建议下，齐桓公去拜见周王，获得了周王的支持，召集各诸侯在北杏会盟。这次会盟，虽然只有宋、陈、邾、蔡四个诸侯国的君主前来参加，但还是签订了盟约，并将齐桓公推荐为诸侯之首。

宋公虽然表面上同意立齐桓公为诸侯之首，但是心里很不高兴，回到住所之后，他越想越生气，于是就背弃盟约，返回宋国。齐桓公听说了，大为恼怒，就打着王师的名义前去攻打宋国。他派管仲先率领一支军队，前去汇集陈、曹两国的军队，自己带领着隰朋、东郭牙等人，在后面跟进。

当天，管仲带领着军队出了南门，走了大约三十里地，来到猛山，遇到一个乡野村夫，穿着粗布单衣，带着一顶破旧的斗笠，赤着双脚，在山下放牛，一边放牛还一边用手击打着牛角唱歌。管仲在车子上看到这个人，觉得他不是一般人，就派人给他送去酒食。那人吃完之后说："我想见一见相国管仲先生。"士兵说："相国的车子已经过去了。"那人就说："那你就帮我传句话给相国吧，你就对他说'浩浩乎白水'。"士兵追上管仲的车子后，把那个乡野村夫的话告诉了管仲，但管仲却不明白是什么意思。

却说管仲有个爱妾，名字叫婧，是钟离人，文采出众，智慧过人，管仲常常带着婧出行。管仲不知道这句话是什么意思，就去问婧。婧说："我听说，上古时代有《白水》一诗，诗中有'浩浩白水，儵儵之鱼，君来召我，我将安君？'这句话，这个人的意思是他想要做官。"管仲立刻让人停下车子，派人把那个村夫叫来。那人来了之后，只是向管仲拱了拱手。管仲问他的姓名，他说："我不过是一个乡野村夫，姓宁名戚，卫国人。听说相国您礼贤下士，所以长途跋涉来到这里，但是因为没有人举荐，只能靠替人家放牛为生。"管仲又询问了他学过哪些东西，宁戚都能应答如流。管仲说："你这样埋没在乡野，如果没人举荐，怎么能让人知道你的才能？齐王的大军就在后面，不久就会路过这里。我给你写封信，到时候你拿着信去拜见齐王，他一定会重用你的。"管仲写完信后，两人互相告别。

三天后，齐桓公率领大军来到猛山，宁戚依然穿着粗布单衣，头戴斗笠，站在路旁，也不回避。看到齐桓公的车子快到跟前了，宁戚就击打着牛角唱起歌来。齐桓公听见了，觉得很诧异，就把宁戚叫过来，询问他的姓名住处。宁戚如实相告。齐桓公问:“如今,在我的率领下,各国诸侯都尊重周天子,百姓们能安居乐业,即便是当初的尧舜在位时也不过是这样啊。但我听你唱歌,好像还有些不满意?”宁戚说:“我虽然只是个村夫,没见过先王在位时的政绩。但是,我听说,尧舜时期风调雨顺,百姓听从教化。但是,现在的社会朝纲不振,教化不行,又怎么可以和尧舜时期相比呢?况且,尧舜时期,天下安定,不用说过多的话就能使诸侯信服,不用施展国威就能在各诸侯面前树立威信,现在却是战争不断,劳民伤财。当初,尧舜禅让,而您却弑兄夺国,借着天子的威名来号令诸侯,我真不知道您怎么能和尧舜相比呢?”齐桓公听了大怒,立刻命人把宁戚拉出去处斩。

宁戚面不改色,毫不害怕,仰天长叹说:“当初桀杀关龙逄,纣杀比干,如今我宁戚就和他们一样了。”隰朋见状,就对齐桓公说:“我见他面对死一点也不害怕,肯定不是一般的村夫,请您赦免了他吧。”齐桓公此时的怒气已经渐渐消退,就放了宁戚,对他说:“我刚才只是试探你,你果真是个勇士。”直到这时,宁戚才掏出管仲写的信交给齐桓公。

齐桓公看了之后说:“你既然有相国的推荐信,为什么不早拿出来呢?”宁戚说:“我听说贤明的君臣是应该互相选择的。如果大王不喜欢直言进谏,只喜欢听一些阿谀奉承的话,那我宁愿去死也不会把相国的信拿出来。”齐桓公听了十分高兴,就让他上了后面的马车。

晚上,安营扎寨完毕,齐桓公就让人点上火把,并去找一套大夫的礼服。寺人貂问:“您这么着急地找大夫礼服,是不是想要给宁戚?”齐桓公说:“是啊。”寺人貂说:“卫国离齐国不远,您应该先派人去查查他的底细,如果真是个贤人,您再给他加官晋爵也不晚。”齐桓公说:“这个人才能出众,但性格直爽,不拘小节,我担心他之前会犯过错误,果真是那样的话,再给他加官晋爵就不光彩了,但是，如果不重用他我又觉得太可惜了。索性不去管他之前如何，就先拜封了吧。”于是，就在火把的照耀下，齐桓公将宁戚封为大夫，让他和管仲一同管理国政。

到了宋国边界，齐桓公和陈君、曹君共同商量攻打宋国的计策。宁戚站出来说：“我认为您奉天子的命令，联合各诸侯前来攻打宋国，以武力取胜不如以德取胜更好。请您先不要出兵，我虽然愚钝，但请允许我去说服宋公。”齐桓公十分高兴，就答应了他。于是，宁戚就坐着一辆小车，带着几个侍从去求见宋公。

宋公听说了，就问大夫戴叔皮：“这个宁戚是个什么人啊？”戴叔皮说：“我听说他是个村夫，齐君刚刚重用他。看来这个人一定口才出众，所以特地来游说您的。您召他进来，不要以礼相待，看看他什么反应。要是他有一句说得不对，我就以拉腰带为信号，到时您就下令把他捉了。”宋公点头答应，就让人把宁戚带了进来。

宁戚昂首阔步地走进来，对宋公拜了拜。宋公端坐着没有理会他。宁戚仰面长叹说：“唉，宋国真是危险了。”宋公吃了一惊，问：“我位列上公，有什么危险呢？”宁戚问：“请问你和周公相比，谁更贤明？”宋公说：“我当然不敢和周公相比了。”宁戚说：“周公生活在周朝最为兴盛的时期，天下太平，诸侯服从，他还能做到握发吐哺，来接纳天下的贤士。而您处在一个群雄逐鹿的时代，即便是效仿周公，卑躬下士，恐怕都不能召来贤士。如今却妄自尊大，慢待宾客，即便是有贤士，恐怕也不会来了。长此以往，宋国不就越来越危险了吗？”宋公听了，惊愕了半天，然后起身说：“我继位的日子不长，没有听过君子的教诲，礼数不够，请您不要见怪。”戴叔皮在旁边看见宋公被宁戚说动，便连连拉腰带示意宋公，但是宋公根本就不看。

宋公问宁戚:“你这次来有什么事情?”宁戚说:“齐桓公不忍看见天下大乱,所以才召集诸侯,订立盟约,被推荐为诸侯之首。您当初参加了会盟,签订了盟约,但却又背会弃约,惹得周天子大怒,命令齐桓公前来攻打您。您之前违背王命,如今又想对抗王师,胜败不言而喻。依我看来,您不如去和齐国会盟,这样的话,对上是臣服于周的礼节,对下又能讨得齐君的欢心,不用动一兵一卒,就可以使宋国安享太平。况且,齐君宽厚仁慈,厚往薄来,不用您倾尽所有,只要心意诚恳就行。”戴叔皮见宋公始终不看自己,又听宁戚说了这番话,就满面羞愧地离开。

于是,宋公就派人跟随宁戚回到齐国军营中,献上白玉十瑴,黄金千镒,又重新和齐国订立了盟约。

卫懿公好鹤亡国

卫懿公是卫惠公的儿子,名赤,世称公子赤。他在位的九年时间里,整天沉迷于游玩赏乐,不理朝政。卫懿公最喜欢的一种动物是鹤,因为鹤的体形高洁,能鸣善舞,是一种高雅的禽类,所以卫懿公十分喜爱,并且到了痴迷的程度。很多人知道卫懿公的喜好,就投其所好,进献鹤以求重赏,所以不论是宫廷还是苑囿,到处都是鹤,数量不下数百只。

卫懿公把他所养的鹤编队起名,由专人训练,并把鹤按品位不同划分不同等级,享有不同的待遇:上等的鹤享受大夫级别的俸禄,次等的鹤享受士人级别的俸禄。驯养鹤的人也都加官晋爵，享有俸禄。卫懿公每次出游，都把鹤带在身边，还专门让人用卿大夫乘坐的车子载着，走在队伍的前面，号称是“鹤将军”。为了养鹤，卫懿公向老百姓加派粮款，百姓们饥寒交迫，苦不堪言，卫懿公却一点也不关心。

卫国大夫石祁子，是石碏的后人，为人正直忠孝，和宁速共同执掌国事，两人都是贤臣。他们多次劝谏卫懿公，但卫懿公都不听。

周惠王十七年，北狄民族带领大军侵袭卫国。此时，卫懿公正准备带着鹤出去游玩，听到北狄大军入侵的消息，十分惊恐，立刻整编军队，派兵抵抗。由于士兵不足，卫懿公准备从百姓中招募士兵，但是卫国百姓们纷纷躲藏起来，不肯参军作战。卫懿公很纳闷，就抓来一些百姓，问他们逃避的原因。百姓们说：“大王用一件东西就可以抵抗敌军，哪里会用得上我们呢？”卫懿公问：“什么东西？”百姓们回答：“您养的鹤啊。”卫懿公说：“鹤怎么能去抵抗敌人呢？”百姓们说：“既然大王知道鹤不能作战，根本没有什么用处，那您平日里为什么给鹤加封供奉，却不顾百姓疾苦？”卫懿公这才恍然大悟，他惭愧地说：“我知道自己错了，那我把鹤都散发给百姓怎么样？”大夫石祁子说：“那大王就赶紧去做吧，这恐怕都还来不及了呢。”卫懿公于是派人把所养的鹤都放了出去。

石祁子、宁速两位大夫亲自走上街头，向百姓们讲述卫懿公已经知错悔改，希望百姓们能参军作战，抵抗外敌。百姓们见卫懿公已放了鹤，两位大夫又亲自上街来招募士兵，于是便出来参军了。

此时，北狄军队已经杀到荥泽，而且来势凶猛，很快就要攻打过来了。石祁子上奏说：“北狄士兵骁勇善战，不能轻敌，我请求向齐国求救。”卫懿公说：“当初齐国来攻打我国，虽然最后退兵了，但我们并没有和齐国重归于好，如今齐国又怎么回来救助呢？不如奋力一战，以决存亡吧！”宁速站出来说：“那就请让我带领军队前去应战。”卫懿公说：“如果我不亲自上阵，恐怕不能鼓舞士气，还是由我亲自出马吧。”于是，卫懿公把玉珏交给石祁子，让他代理国政，委托他和宁速一块守城，卫懿公任命大夫渠孔为将军，于伯为副将，黄夷为先锋，孔婴齐为后队，他自己亲自披挂上阵北上迎战。

士兵们将卫懿公喜欢鹤的事情编成歌谣，一路上唱个不停。卫懿公听了，心里十分不舒服。再加上大夫渠孔军法过于严苛，军心更加离散。当卫国大军行进到荥泽的时候，看到北狄军队虽然有上千人，但是四处分散，一点也没有次序。渠孔就说：“人人都说北狄军队勇猛，我看不过是虚名罢了。”立刻下令击鼓进兵。北狄人诈败，将卫国军队引入埋伏圈后，只听战鼓雷雷，从四面涌出许多北狄军队，卫国军队被截成三节，前后无法呼应，卫懿公也被北狄士兵团团围住，冲不出来。渠孔大叫：“情势危急，请大王放倒旗子，换上便装，还有机会逃脱。”卫懿公叹息着说：“如今大势已去，那我宁愿一死，来向百姓们谢罪！”

不一会儿，卫国军队就被打得落花流水，先锋黄夷战死，孔婴齐自杀而死，于伯中箭摔下了车，卫懿公和渠孔先后被砍成了肉泥，卫国军队全军覆没。

卫国大夫弘演之前奉命出使陈国，等他回来的时候，卫国已经灭亡了。听说卫懿公死在荥泽，便去那里为卫懿公收尸。一路上，弘演看见尸骨遍野，血肉纵横，一片狼藉，感到心痛不已。当他找到卫懿公尸体的时候，只看见卫懿公的尸体被砍得乱七八糟，只有一块肝脏是完整的。弘演悲痛欲绝，对着肝脏叩拜，说：“大王生前风光无限，如今却落得个死无全尸的地步，连个棺材都没有，我愿意用自己的身子做您的棺木。”说完，就拔刀剖开自己的肚子，把卫懿公的肝脏放在自己肚子里，不一会儿就死了。侍从们按照弘演的遗言，把他掩埋了。

古语说:“玩人丧德,玩物丧志。”戏弄他人,会导致自己失去做人的道德;醉心于玩赏某些事物或迷恋于一些有害的事情,就会丧失积极进取的志气。卫懿公因为过分喜爱鹤,导致百姓怨声载道,失去了民心,最终也因此落得个国破人亡的后果。

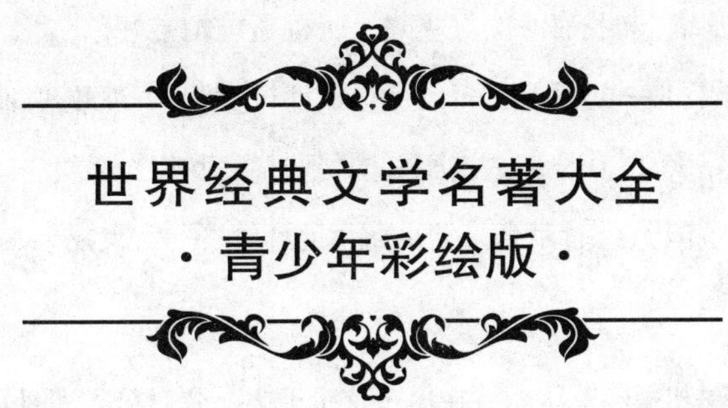

智荀息假途灭虢

春秋时期，有虞国、虢国两个国家与晋国接壤。两国同姓而又相邻，于是结为联盟，唇齿相依。虢国的国君名丑，骄狂自大，好战，多次派兵侵犯晋国的南部边境。晋献公十分恼怒，准备出兵讨伐虢国。

出兵之前，晋献公把大夫荀息召进宫，问他："虢国屡次侵犯我国边境，如今我准备去攻打它，可以吗？"荀息回答说："虢、虞两国联盟，不论我们攻打其中的哪个国家，另一个都会来救援，到时候，以一国之力抵抗两国的军队，我们不一定能够取胜。"晋献公说："难道我们就拿虢国没办法，任它侵犯了吗？"荀息说:“大王不必着急,我有一个好主意。听说虢国国君好色,大王进献能歌善舞的美女给虢君,他一定接受。虢君就会沉迷于女色,不理政事,疏远贤臣良将。我们再去贿赂犬戎,让他们去进犯虢国,到时候,我们再趁机去攻打虢国,就可以一举攻下虢国了。”晋献公采纳了荀息的计策,不久,犬戎果然就去侵犯虢国了。

犬戎大军和虢国军队相持在桑田这个地方。晋献公问荀息:“如今犬戎、虢国两军相持,可以去攻打虢国了吧?”荀息说:“虞、虢两国之间的盟约还在,不能轻举妄动。我有一个计策,可以今日攻下虢国,明日灭掉虞国。”晋献公忙问:“什么好计策?”荀息说:“大王献重礼给虞国,向他们借道攻打虢国。”晋献公疑虑地说:“不知道该送些什么给虞国呢?”荀息说:“虞国国君虽然贪得无厌,但是如果不是至宝,就无法打动他。大王不是有一块名贵的玉璧和一匹屈地产的宝马吗?可以把这两件宝物献给虞国国君,虞君贪婪,见到这两件宝物一定会答应我们的要求。”

晋献公说:“这两件东西是我的至宝,我怎么舍得给别人呢?”荀息说:“我知道您舍不得,但是,虞国借道给我们攻打虢国,用不了多长时间虢国就会被打败,到时候,攻取虞国也就是轻而易举的事情。玉璧宝马到时候不就又是您的了吗?就只当是把玉璧暂时放到虞君那里寄存,把宝马放到虞君的马厩饲养罢了。”大夫里克说:“虞国有两位贤臣,宫之奇和百里奚,他们恐怕会劝谏阻拦,该怎么办呢?”荀息笑了笑,说:“放心,虞君贪婪而又愚蠢,即便是有良臣劝谏也肯定不会听从的。”于是,晋献公让荀息带着两件宝物出使虞国。

一开始,虞君听说晋国想要借道攻打虢国,大为恼怒,等到看见晋国进献的宝物,立刻喜笑颜开。虞君问荀息:“这两件宝物可是你们的国宝,怎么会进献给我呢?”荀息说:“我国国君仰慕您的贤明,畏惧您的强大,不敢私自享有宝物，所以献给您，让您高兴。”虞君说：“你们一定是还有什么事情有求于我吧？”荀息说：“大王英明。虢国多次派兵侵犯我国边境，我国国君想要向您借道攻打虢国，如果胜利了，就把缴获的东西都送给您，并和您永结盟好。”虞君听了十分高兴。宫之奇劝谏说：“大王不要答应他们的要求。古语说‘唇亡齿寒’，如果虢国被晋国打败，那么虞国的处境就非常危险了。”虞君说：“晋献公不惜献出国宝来讨我欢心，我怎么能吝惜一条道路呢？况且晋国比虢国强大十倍，失去虢国而得到晋国，又有什么坏处呢？你退下吧，不要再干涉我了。”宫之奇还想再说什么，被身旁的百里奚扯扯衣袖，只好无奈地退了出来。

宫之奇出来后问百里奚：“你不帮我劝谏大王，却阻止我，这是为什么呢？”百里奚说：“我听说，向愚钝的人劝谏，就像是把珠玉丢弃在道路上。以前，夏桀杀关龙逄，商纣杀比干，都是因为他们强进忠言。你再说下去就危险了。”宫之奇想想也是，他觉得虞国必然要灭亡了，于是就带着全族的人离开了。

荀息回来向晋献公报告说虞君应经接受了玉璧宝马，同意借道。于是，晋献公任命里克为大将军，荀息为副将，率领着四百辆战车前去攻打虢国，并事先通知了虞君出征的日期。虞君说：“我既然接受了晋国的宝物，就愿意带兵去和晋国一块攻打虢国。”荀息说：“大王带兵帮助晋国，不如献出下阳关。”虞公说：“下阳关由虢国军队驻守，我怎么能献出来呢？”荀息说：“我听说虢君正和犬戎军队相持在桑田，您借口去帮助虢国，给虢国送去战车，暗中把晋国军队带进去，下阳关就可以轻而易举地取得了。”虞君听从了荀息的计策。

驻守在下阳关的虢国将领舟之侨以为虞国真的来助战，便打开了大门，迎接战车。刚进入城中，藏在战车内的晋兵就一起杀出来。此时，舟之侨才知道上当了，但想关大门已经来不及了。里克带领着晋兵长驱直入，很快就夺取了下阳关。舟之侨丢失了下阳关，担心虢君怪罪，索性投降了晋军。里克让舟之侨做向导,引领晋军向上阳关进发。

虢君在桑田听说晋军攻破了下阳关,急忙班师回朝,犬戎乘机追杀,虢军大败。虢君带着仅剩的几十辆战车跑回到上阳关驻守。晋军将上阳关一连包围了好几个月,城中粮草断绝,百姓们苦不堪言,士兵们也都疲乏倦怠。里克让舟之侨写了一封信劝虢君投降。虢君拒绝了,他连夜带着家眷逃到京师。里克率军进入上阳关,安抚百姓,严明军纪,秋毫无犯,并把上阳关内的财物宝藏拿出一部分,连同俘获的美女一块献给了虞君。虞君见晋献公说话算话,十分高兴。

里克一边派人把胜利的消息告诉晋献公,一边谎称生病,在上阳关外养病。虞君并没有怀疑,还时不时地派人前去送药问候,就这样过了一个多月。

一天,虞君忽然接到报告说:“晋国大军已经在郊外,大概是担心不能攻取虢国,所以晋君亲自来接应。”虞君听了大喜,说:“我正准备和晋国签订盟约,如今晋君亲自来,真是太合我意了。”连忙到郊外去迎接。

晋献公邀请虞君去箕山打猎,虞君想要在晋国面前展示自己的实力,就把城中的兵车良马全部带了去。当天,猎还没打完,就听有人来报:“城中起火了。”晋献公说:“这一定是城中的民居着火了,不用理会,一会儿就会扑灭。”邀请虞君继续打猎。大夫百里奚秘密地对虞君说:“听说城中发生了动乱,你不能再留在这里了,要赶快回去看看才行。”于是,虞君就辞别了晋献公,返回城中。半路上,看到很多百姓四处乱逃,一边逃一边说:“城中已经被晋军攻占了。”虞君听了大怒,大喝着:“快点前进!”

来到城边,看见城楼上站着一员大将,倚着护栏站立,威风凛凛,看见虞君,大声说:“谢谢大王之前借道,现在再把国家借给我吧,我在这里致谢了!”虞君大怒,下令攻城。只听一声梆响,箭如雨下。虞君见势不妙,准备撤军,但是后面的军队被晋军拦截，不是被杀死，就是投降了，已经无路可退。虞君这时才叹息着说："真后悔当初没有听宫之奇的话啊！"一回头，看见百里奚站在一旁，就问他："当初你怎么不说话？"百里奚说："您不听宫之奇的劝，又怎么会听我的呢？我当初不说话，就是要留着性命和您今天在一块。"

虞君正在后悔不已，只见晋献公派舟之侨前来劝降，虞君只好去见晋献公。晋献公笑着说："我这次来是为了取回我的玉璧和宝马。"晋献公入城之后，安抚百姓，荀息左手托着玉璧，右手牵着宝马，上前对晋献公说："我的计划已经完成了，现在就把玉璧还回您的府库，把宝马还回您的马厩。"晋献公大喜，重重赏赐了荀息。

荀息用他的智谋，巧借虞国大道，打败了虢国，又反过来消灭虞国，真可以说是智深计奇的人。

百里奚饲牛拜相

百里奚，字井伯，虞国人。因为家中贫寒，百里奚三十多岁的时候才娶妻生子。

百里奚满腹才华却始终没有人赏识，想要出去游学，又放心不下家中的妻儿。妻子杜氏劝他说：“好男儿志在四方，你现在正值壮年，不出去做一番大事业，难道想一辈子和妻儿受苦吗？我自己能够养活自己，你不必担心。”说完，杜氏将家中唯一的老母鸡杀了给百里奚饯行；厨房没有柴火，杜氏就将门闩取下来当柴火烧，百里奚饱饱地吃了一顿后就准备上路。临行前，杜氏一手抱着

儿子,一手牵着百里奚的衣袖,哭着说:“日后要是富裕了,千万不要忘了我们母子啊。”百里奚含着热泪告别了妻子。

百里奚先是到了齐国,他想要侍奉齐襄公,但是却没有人引荐。在外漂泊多年后,钱财花尽,变得穷困不堪,于是百里奚就开始沿街乞讨。一天,百里奚正在街上乞讨,一个名叫蹇叔的人看见百里奚相貌不凡,认为他不是一般人,就走上前询问他的姓名,并把百里奚邀请到家里吃饭。蹇叔和百里奚畅谈天下大事,百里奚都对答如流。蹇叔很欣赏百里奚的才能,叹息着说:“你有这般能力,却穷困到这种地步,大概是上天的安排吧。”于是,就把百里奚留在家里,和他结拜为兄弟。蹇叔的家境并不富裕,百里奚就给别人放牛赚些钱。此时的百里奚已经四十岁了。

后来,齐国公孙无知杀掉齐襄公,自立为君,四处招揽贤士,百里奚就准备前去应招。蹇叔说:“齐襄公有儿子在外面,公孙无知弑君篡位,终究不会长久。”百里奚就没有去。又过了不久,百里奚听说周王的儿子颓喜欢牛,给他养牛的人都待遇优厚。于是,百里奚就辞别了蹇叔,去了周都。

到了周都,百里奚拜见公子颓,并向他进献了养牛的技术,公子颓大喜,准备让百里奚做自己的家臣。这时蹇叔也来到了周都,蹇叔对百里奚说:“公子颓志向远大但却才疏学浅,他身边的人又都是些奸佞谄媚的小人,他迟早会出乱子,你还是赶紧离开吧。”百里奚因为想念妻子,就准备返回虞国。蹇叔说:“正好我有个朋友名叫宫之奇,在虞国做官,你要是想回虞国,我就和你一块去,顺便去看看他。”此时的杜氏因为生活贫困,早就带着儿子流落他乡,不知到哪里去了,百里奚找不到妻儿,十分伤心。

宫之奇和蹇叔见面之后,听蹇叔说起百里奚的才能,就把百里奚推荐给了虞君。虞君任命百里奚为中大夫。蹇叔对百里奚说:“我觉得虞君见识短浅而又刚愎自用,不是能有一番大作为的君主。”百里奚说:“我长期贫困不堪,就像是鱼儿离开了水,急需找到一勺水来湿润自己,使自己活下去。”蹇叔说:“你因为贫困的缘故而出仕,我没办法阻止你。以后你如果要来找我的话,就去宋国的鸣鹿村。那个地方幽雅宁静,我准备在那里定居了。”蹇叔离开后,百里奚留下来侍奉虞君。

后来,虞国被晋国打败,百里奚也被俘。晋献公知道百里奚有才,就想让他做官,但是百里奚不肯。正巧,秦穆公派人到晋国求亲,于是,晋献公就把百里奚作为陪嫁的人一块送去了秦国。走到半路上,百里奚就逃跑了。本来想要去宋国找蹇叔,但因为道路阻隔,就去了楚国。刚走到宛城,就被一个打猎的人捉住,怀疑他是奸细,就把他绑了起来。百里奚大声说:“我是虞国人,因国家灭亡才逃到这里。”猎人问:“那你有什么本事吗?”百里奚说:“我善于养牛。”于是猎人放开他,让他负责养牛。百里奚养的牛膘肥体壮,猎人十分高兴。楚王听说了这件事,就把百里奚召来为自己养马。

秦穆公听说百里奚才能出众,但只是在陪嫁人的名单中见到他的名字,却没见到他的人,觉得很奇怪。大夫公子絷解释说:“百里奚是虞国的旧臣,在来的途中逃跑了。”秦穆公问:“他是个怎样的人呢?”公孙枝说:“他是个贤能的人。他知道虞君不听劝谏,所以就不去劝谏,这是他的智慧所在;被俘之后又坚决不在晋国做官,这是他的忠义所在。这个人有经世之才,但却没有遇到好的机遇。”秦穆公问:“那我怎样才能得到百里奚,让他为我所用呢?”公孙枝说:“我听说他的妻子在楚国,他有可能去了楚国,您不妨派人去打听打听。”于是,秦穆公派人去了楚国。派去的人回来报告说百里奚在南海养马。

秦穆公说:“如今知道了百里奚的下落,我用重金去把他赎回来怎么样啊？”公孙枝说：“如果那这样的话，一定要不来百里奚。”秦穆公疑惑地问：“为什么？”公孙枝说：“楚王既然让百里奚去养马，那就说明楚王并不知道百里奚的才能。如今，大王用重金去赎百里奚，不就是把百里奚的才能昭告天下吗？到时候，楚王知道了百里奚的才能，一定自己用，肯定不会给您。您不如对楚王说，百里奚是逃跑的奴隶，想用五张羊皮把他赎回来，那样楚王就不会怀疑了。”于是，秦穆公就派人用五张羊皮把百里奚赎了回来。

秦穆公见到百里奚之后，问他：“你多大年纪了？”百里奚说：“刚刚七十岁。”秦穆公叹息着说：“只可惜太老了。”百里奚说：“如果是让我追逐飞鸟、搏击猛兽，我确实是老了。但是，如果是让我坐下来商讨国家大事，我还年轻着呢。当初，吕尚八十岁了，在渭水河畔钓鱼，仍然被周文王尊拜为尚父，最终帮周朝建立了大业。如今我刚七十岁，比吕尚不是年轻十岁吗？”秦穆公听了，称赞他机智的回答。

秦穆公又开始向百里奚讨教治理国家的计策，百里奚侃侃而谈，秦穆公听了赞不绝口，更加佩服百里奚的才能，想要任命他为上卿，执掌国政。但是，百里奚却坚决辞让，而是推荐蹇叔做上卿。于是，秦穆公就派人带着重礼把蹇叔请来，让他和百里奚一同做秦国的上卿。百里奚的妻儿此时也正巧流落到了秦国，百里奚兑现了当年离家时对妻子许下的誓言，和她们母子相认。百里奚的儿子孟明视已经长大成人，秦穆公见他长得高大威猛，就将他封为秦国大将。

因为百里奚是秦穆公用五张黑公羊皮换来的，所以世人都称百里奚为“五羖大夫”。

秦晋大战龙门山

晋惠公即位之后，晋国的收成连年不好。晋惠公五年，晋国又遭遇了饥荒，国库储备的粮食已经发放完了，百姓们饱受饥饿的痛苦。

晋惠公准备从其他的国家购买粮食，他首先想到了秦国，因为秦国和晋国联过婚，而且又紧挨着，运送粮食比较方便。但是之前晋惠公登上诸侯之位的时候，秦国出了不少力，晋惠公曾答应给秦国五座城池，但是后来没有兑现。所以，晋惠公不好意思向秦国开口买粮。大夫郤芮知道晋惠公的忧虑所在，就说："我们并不是违背诺言不给他们城池，只不过是晚一些时候给而已。如果秦国因此而不卖给我们粮食，那就是秦国拒绝了我们，我们违被诺言也就有理由了。”晋惠公说：“你说得对。”于是，便派大夫庆郑带着珠宝财物去秦国买粮。

秦穆公召集朝中大臣商议这件事。蹇叔、百里奚异口同声地说：“哪个国家都可能遇到天灾，解救灾民，抚恤邻国，也是应该的。顺应天理，上天一定会赐福给秦国的。”秦穆公说：“我对晋国的帮助已经够多的了。”公孙枝说：“帮不帮助别人，是我们的事情；而回不回报是对方的事情，百姓心中自然能够明断是非。大王应该帮助晋国渡过这个难关。”秦穆公想了想，说：“辜负我的是晋国国君，饥饿的是晋国百姓。我不能因为晋国国君的缘故，就迁怒于晋国百姓。”于是，秦穆公就下令运送了数十万斗粮食去救济晋国。

第二年冬天，秦国遭遇了饥荒，而晋国的收成很好。秦穆公就对蹇叔、百里奚说：“我如今想想当初您二位说的话真对啊。假如当初我没有卖给晋国粮食，如今遇到饥荒，又怎么好意思去向晋国求救呢？”丕豹说：“晋国国君贪婪而又不讲诚信，即便是去求助，也不一定帮助我们。”秦穆公不信，就派冷至带着钱财去晋国买粮。

晋惠公准备将河西收获的粮食卖给秦国，以报答秦国的救助之恩，但大臣们却在给不给秦国粮食的问题上分成两派。以郤芮为代表的一方不同意给，以庆郑为代表的一方同意给。不同意的大臣们认为：“之前秦国曾帮助晋献公回国执政，晋国许诺给秦国土地而没有兑换。在去年饥荒的时候又给了晋国帮助，按理说这次秦国有难，晋国应该帮忙。但是当初秦国给晋国粮食，并不是因为喜欢晋国，而是想要获得晋国的土地。现在，不给他们粮食他们会不高兴，给了粮食而不给之前许诺的土地他们也还会不高兴。无论怎样都是不高兴，又何必非得给呢？”庆郑则说：“把别人遭受苦难当做高兴的事情是不仁，不报答别人的救助是不义。不仁不义，还怎么治理国家？而且去年我去秦国求助的时候，秦君毫不推辞。如今要是不给秦国粮食,秦国恐怕会怨恨晋国。”

虢射说:“去年晋国遭受饥荒,是上天给了秦国灭晋的机会,秦国没有乘机灭晋反而卖给晋国粮食,这是秦国的愚蠢。如今,上天又让秦国遭受饥荒,给了晋国灭秦的机会,难道晋国要违逆上天的意思吗?不如联合梁国,攻打秦国,分割土地,这才是上策。”于是,晋惠公听从了虢射的计策,派人对冷至说:“晋国连年遭遇饥荒,百姓们流离失所,今年收成刚刚好点,流亡在外的百姓又都回来了,收获的粮食只够自给,实在是没办法救济秦国。”冷至说:“去年秦王念秦晋两国有婚姻之谊,不给你们要土地,还给你们粮食。如今,你们却不回报秦王的恩德,我真是没办法回去复命。”郤芮大喝:“想要晋国的粮食,除非用兵来取!”听到这话,冷至愤怒地离开晋国。

回到秦国,冷至告诉秦穆公晋国不仅不帮忙,还纠集了梁国准备攻打秦国。秦穆公听了大怒,说:“我料想晋国就不会救助。好,既然要打,那我就先攻下梁国,然后再去攻打晋国。”百里奚劝秦穆公先去攻打晋国,秦穆公同意了。于是,让蹇叔留守,秦穆公率领着大军前去攻打晋国。

晋惠公听说秦国已经出兵,就召集群臣,商议说:“秦国,无故侵犯我们的边境,我们有什么办法抵挡?”庆郑上前一步,说:“秦兵侵犯,是因为大王‘背德’的缘故,怎么会是无故?如今看来,我们应该承认自己的错误,请求和解,割让五城,表现我们的诚信,这样就可以免动干戈。”晋惠公一听,勃然大怒,说:“以我堂堂的千乘之国,却去割地求和,那我还有什么面目作为一国之君?”说完就喝令左右,准备把庆郑推出去斩首,然后发兵迎敌。

虢射见晋惠公决心与秦军对战,连忙说:“还没有出兵,就先斩杀大将,对我军不利。不如暂且赦免他,让他将功赎罪。”晋惠公听了虢射的话,放了庆郑。

晋惠公检阅了车马，选了六百辆战车，命令郤步扬、家仆徒、庆郑、蛾析分别统领左右两军，自己和虢射统领中军，调度协调，指挥作战。屠岸夷为先锋，选择吉日，离开绛城，就开始往西面进发，迎战秦军。

晋惠公乘坐的马车由郑国进献的名叫小驷的马拉载。这种马身材小巧，毛发光亮，步行缓慢，深得晋惠公的喜爱。所以，这次出征，晋惠公就将它们用作自己的战马。庆郑劝谏说："自古以来，出征打仗，一定都要用本国的马匹。因为本国的马匹生长在本土，能理解本国人的心意，听从本国人的号令，熟悉本国的道路，遇到战事时能随心驾驶。现在，您面临大敌，却乘别国的战马，恐怕不吉利。"晋惠公大声呵斥："这些马我都乘坐惯了，好得很，你不要说废话！"

秦军在秦穆公的率领下，已经渡过黄河，进入了晋地。和晋军交锋，屡战屡胜，晋军守将纷纷奔逃，秦军长驱直入，一直攻打到韩原。晋惠公听说秦军已经攻到韩原，皱起眉头，担忧地说："敌人已经深入到我们的腹地，该怎么办呢？"庆郑说："这是您自己惹起的祸端，又何必问别人？"晋惠公听了，火冒三丈，说："庆郑说话真是太无礼，你赶紧退下去，我不想看到你！"

晋惠公下令在离韩原十里的地方安营扎寨，并派韩简前去秦军大营刺探军情。韩简回来说："秦军的数量虽然比我们少，但是秦国的君臣集聚了满腔怨恨，三军的士气是我们的十倍。"晋惠公听了生气地说："你怎么和庆郑一样，长他人志气，灭自己威风。我一定要和秦军决一死战。"于是就派韩简到秦军大营下战书。

秦穆公见到战书，笑着说："这小子真是太狂妄了！"随即让公孙枝到晋军营帐中对晋惠公说："我们大王说了：'当初你想要回国，我接纳你还扶持你登上君侯之位；你遭遇饥荒，我把粮食卖给你。现在，你又要大战，难道我会怕你吗？'"于是，两军准备作战。晋惠公让郭偃占卜谁适合领兵作战。郭偃占卜后认为只有庆郑领兵合适。晋惠公听了，说："庆郑内心偏向秦国，我怎能用他啊！"于是，就让家仆徒领兵，郤步扬驾驶战车，向韩原进军。

百里奚登高远望，看到晋军人多势众，就对秦穆公说："晋国是想把我们置于死地。您还是不要和他们决战吧！"穆公用手指着天，愤愤地说："晋国辜负我那么多，假如没有天道就算了。假如上天有知，我就一定能战胜他们。"于是，在龙门山下列阵以待。

不一会儿，晋军也摆好了阵势。两军对战，各自鸣鼓进兵。晋军这边派出屠岸夷，秦将白乙丙不甘示弱，冲出去和屠岸夷扭打在一起，两个人拳打脚踢，一直打到阵后去了。晋惠公突然看不见屠岸夷，也不知道发生了什么事情，以为屠岸夷被围困，赶忙派韩简等人率兵进攻秦军的右路，自己带兵进攻左路，并约定到秦军的中路会合。秦穆公见晋军兵分两路冲来，也分两路迎战。

晋惠公正率军冲入秦军左路，忽然公孙枝杀了出来。晋惠公连忙派家仆徒接战。公孙枝有万夫不当之勇，家仆徒根本不是他的对手，渐渐地有些招架不住，眼看就要败下阵来。晋惠公一见，急忙对郤步扬说："你只要抓好缰绳就行，我亲自去和他交战。"公孙枝见晋惠公乘车前来，大叫一声："能打的就一起来吧！"只是这一声，就像是晴天霹雳，震得山摇地动，把虢射吓得钻到战车里，大气都不敢出。那小驷从来没有见过这阵势，也被惊吓得向前乱跑，不听使唤，一下子就陷入了泥潭，动弹不得。正在这危急的时刻，恰好庆郑的车从前面经过，晋惠公连忙喊道："庆郑快来救我！"庆郑一边向前进，一边问："虢射在什么地方？为什么喊我呢？"晋惠公又喊："庆郑快点用你的车来载我！"庆郑继续前行，说："您乘好您的小驷战车，我立即叫其他的人来救您！"说完，赶着战车离开了。

再说韩简带领着军队本来是准备进攻秦军的右路,却遇到了秦穆公的中军。交战三十回合,不分胜负。这时,蛾析也领着晋军赶到,帮韩简解了围。两人带兵直奔秦穆公乘坐的战车,想要擒拿秦穆公。

秦穆公看见晋军蜂拥朝自己围来,知道自己在劫难逃,仰天长叹:"我今天反而成了晋国的俘虏,天道何在?"正在秦穆公绝望的时候,忽然西面出现一队勇士,三百多人,向这边杀奔过来。一边杀奔,一边高喊:"不要伤害我的恩人!"秦穆公看看这些人,一个个蓬散着头发,袒露着肩膀,健步如飞,手里挥舞大刀,腰间悬挂着弓箭,对晋兵一阵乱砍,把秦穆公救了出来。原来,这些勇士曾经受过秦穆公恩惠,听说秦穆公攻打晋国,特地赶来助阵。

韩简被这突如其来的勇士打了个措手不及,急忙转身迎敌。这时,庆郑一个人驾着战车从北面飞驰过来,高声喊:"大王被秦兵困在龙门山的泥潭里,赶快去救他!"韩简一听,扔下秦穆公及这帮人,直奔龙门山去救晋惠公。

等赶到的时候,晋惠公早已经被俘虏了。韩简后悔不已,说:"早知道,就把秦王抓了,还可以两下相抵,都是庆郑耽误了大事。"晋军大势已去,韩简等人也就只好投降了秦国。

晏蛾儿逾墙殉节

管仲临终之前告诉齐桓公千万不要重用易牙、竖刁、开方三人，但是齐桓公将这三个人放逐之后，每天都寝食不安，一点儿也高兴不起来。齐桓公宠爱的姬妾见桓公整天闷闷不乐，就劝他重新重用三位大臣，于是齐桓公就违背管仲的意愿，重新启用了竖刁三人。鲍叔牙多次劝谏，都没有成功，郁愤而死。这三个人更加肆无忌惮，他们见齐桓公年老体衰，就开始把持朝政，顺从他们的可以享有富贵；不顺从他们的，不是死就是被放逐，齐国的势力越来越弱。

当时有个郑国的名医，姓秦名缓，字越人。他居住在齐国的卢村，医术高明，所以人们借用上古神话中黄帝时神医“扁鹊”的名号来称呼他，就都称他为扁鹊先生。扁鹊周游天下，救人无数。有一天来到临淄，拜见齐桓公，说：“大王，您皮肉间有些小病，不治的话恐怕会加重。”齐桓公说：“我没有病。”扁鹊就退了出去。五天之后，扁鹊又去拜见齐桓公，说：“大王，您的病在血脉中，不治的话恐怕会加重。”齐桓公不理他，扁鹊就离开了。又过了五天，扁鹊又来拜见，说：“大王，您的病已经在肠胃间了，不治的话恐怕会加重。”齐桓公不理睬他，等扁鹊出去后，齐桓公说：“这些医生怎么这么愿意显示自己医术高明呢？没病也非得说成有病。”又过了五天，扁鹊又去见齐桓公，但见了他之后就马上转身跑了。齐桓公就派人去问扁鹊为什么跑。扁鹊说：“病在皮肉间，用汤剂、药熨的方法就可以治愈；病在血脉中，用针、石的方法就可以治愈；病在肠胃间，用药酒的方法可以治愈；病在骨髓，即便是掌管生命的天神也无能为力了。如今，大王的病已经深入骨髓，所以我什么也不说就离开了。”

过了五天，齐桓公果然生病了，再派人去找扁鹊的时候，扁鹊已经离开了，齐桓公这时才悔恨不已。

竖刁等人见齐桓公病重，就商议了一条计策，假传齐桓公的命令，在宫门前挂了一个牌子，说是一概不再召见任何人。没过多久，又把侍奉齐桓公的人都统统赶了出去，在齐桓公寝室周围建起了三丈高的围墙，使内外隔绝开来，只在墙下留个小洞，像狗洞似的，每天派人进去看看齐桓公的生死。另外又掌管了军队，以防诸位公子有什么变故。

齐桓公躺在床上，病得动弹不得，呼唤身边的侍从，一个人也没有，只能瞪着两只眼睛，呆呆地看。突然，齐桓公听见“扑通”一声，好像是有人从上面跳下来，一会儿又推开窗户进来。齐桓公使劲看了看，原来是姬妾晏蛾儿。齐桓公就说：“我觉得很饿，想要喝口粥，你给我弄点来吧。”晏蛾儿说：“没地方去弄粥啊。”齐桓公又说:“没有粥,有口热水也行啊。”晏蛾儿伤心地说:“热水也没有啊。”齐桓公问:“为什么?”晏蛾儿说:“竖刁等人作乱,派人守住宫门,还建起了三丈高的围墙,隔绝内外,根本就不让人进来,所以弄不到粥水啊。”齐桓公问:“那你来这里做什么?”晏蛾儿说:“臣妾曾经受过大王宠幸,所以才不顾性命跳过墙来看望大王。”齐桓公说:“我没有听从相国的话才落到今天这个地步。”于是大声呼喊:“天哪,难道我就要这样结束一生吗?”连叫了几声,口吐鲜血。

齐桓公看了看晏蛾儿说:“我这一生宠爱的妃子有六人,儿子也有十多个,但是现在只有你一个来为我送终,平时没有厚待你,我真是惭愧啊。”晏蛾儿说:“大王一定要保重啊,万一您有什么不测,我情愿以死送君。”齐桓公叹息着说:“我死后无知也就罢了,要是有知,怎么对得起相国啊?”说着,用衣袖捂着脸,连叹了几声就去世了。

晏蛾儿见齐桓公死了,痛哭了一场,想要叫人,但高墙阻断,外人根本就听不见;想要跳墙出去,墙内又没有什么可以垫脚的。左思右想,叹息着说:“我曾经说过要以死送君,我就随大王去了吧。”于是,就解下衣服盖在齐桓公的身上,又用窗槅盖在上面。做完这些之后,晏蛾儿对着床叩头说:“大王的魂魄不要走得太远,我马上就来了。”说完,就撞在柱子上,自杀身亡。

当天夜里,有个小侍卫,从墙洞里爬进去,看见晏蛾儿的尸体,又看见床上有两扇窗槅盖着齐桓公,也不知道是什么时候死的。可怜的晏蛾儿虽然平时没有得到齐桓公太多的宠爱,但是却能以死送君,真是个贤妇人啊!

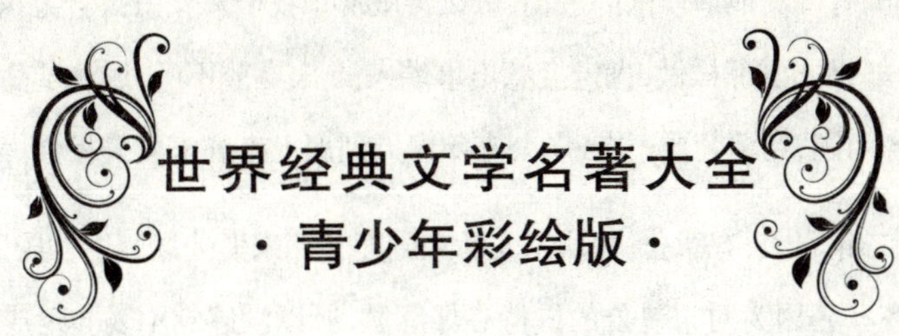

宋襄公假仁失众

齐桓公去世之后，公子无亏争得了王位，太子昭逃奔到了宋国。后来，太子昭在宋襄公的帮助下回到齐国即位，称为齐孝公。

宋襄公平定了齐国的内乱，自恃劳苦功高，就想要号召诸侯，代替齐桓公成为霸主。但是，小诸侯国对宋襄公不服气，大诸侯国又去与楚国结盟，宋襄公心里又是着急又是气愤，就和公子荡商议。公子荡说："现在国力最强的国家是齐、楚两国，齐国刚刚稳定，不用过分担忧。而楚国的势力强大，各诸侯都害怕。我们可以借助楚国的力量来召集诸侯，再用各诸侯来牵制楚国。"公子目夷劝谏说:“楚国有了其他诸侯国的敬畏,怎么会服从于我们？又怎么会为我们召集各诸侯？如果非要那样做,肯定会惹出事端来。”宋襄公不听,派公子荡带着厚礼去楚、齐两国,邀请楚成王、齐孝公来年春天到鹿上来和宋襄公相会。

第二年春天,齐孝公、楚成王先后来到鹿上。宋襄公以盟主自居,一点也不谦让,齐孝公因为对宋襄公的扶持心怀感激,所以没感觉不妥。楚成王心里非常不高兴,但又不好发作出来,只能勉强接受。宋襄公和楚成王约定,秋天的时候邀请各国诸侯在宋国的盂地举行盟会,效仿齐桓公那样举办“衣裳大会”,也就是各国都不带兵马,以诚相见。

宋襄公从鹿上回来之后十分高兴,公子目夷劝谏说:“楚国是蛮夷之邦,居心叵测。表面上虽然答应了,但不知道楚王心里会想什么。我担心您会被他骗了。”宋襄公说:“你太多心了,我忠信待人,他又怎么会欺骗我呢？”于是不顾公子目夷的劝告,命人着手准备盂地盟会的事情。

转眼就到了要举行盟会的日子,宋襄公准备好车马前去盂地。公子目夷又劝他说:“楚国国力强大,又不讲信义,请您带着兵马前去。”宋襄公说:“我和各诸侯约定好了是‘衣裳大会’,如果带着兵马,不是先行毁约失信于人吗？以后还怎么在各诸侯国面前树立威信呢？”公子目夷说:“既然您想要树立您的威信,那我带着兵马埋伏在三里之外的地方怎么样？”宋襄公说:“你带兵马和我带兵马又有什么区别？一定不行。”临行时,宋襄公担心公子目夷会带兵接应,坏了自己的信义,于是就带着公子目夷一块去了盂地。

到了盂地,宋襄公见各国诸侯都按时赴约,又听说楚成王虽然带来的侍从很多,但也是乘车来的,心里十分高兴,说:“我就知道楚国不会欺骗我的。”

盟会当天,宋襄公设好祭坛,并作为东道主从左边先登了上去,公子目夷紧紧跟在他的身后。其他的诸侯则从右边登上祭坛,楚成王走在最前面。等祭拜完毕,到了推选盟主的时候,宋襄公原本指望楚成王能为他说话,见楚成王低头不语,宋襄公就走上前说:“今天的集会,我是想重振齐桓公时期的霸业,息兵罢战,让天下百姓享受太平的日子,大家觉得怎么样?”各诸侯还没说什么,只见楚成王挺身而出,站出来说:“你说得太好了,但是不知道盟主的位置应该由谁来担当啊?”宋襄公说:“当然是有功的论功,没功的就论爵位了。”楚成王说:“我已经称王很长时间了,你虽然位列上公,但是还没有排在我的前面,我应该站到前面!”说完,就站到最前面。

公子目夷扯着宋襄公的袖子,想要让他暂且忍耐,但宋襄公以为自己做盟主是十拿九稳的事情,突然杀出来个争位的人,当然是十分恼怒,他严厉地说:“我位列上公,连周天子都对我以礼相待,你擅自称王,难道是想用假王来压我这个真王吗?”楚成王说:“那既然我是假王,谁让你把我请到这里来的。再说,你问问今天来的这些诸侯,是为我楚国来的还是为你宋国来的?”其他的诸侯国平时就对楚国十分畏惧,此刻就齐声说:“我们是奉了楚王的命令才来的。”楚成王听了,哈哈大笑说:“你还有什么说的?”

宋襄公见大事不妙,想和楚成王讲理根本就行不通,想要脱身又没有士兵保护。正在犹豫的时候,只见楚王的侍从们纷纷脱下礼服,露出了穿在里面的铠甲,拿出了兵器,上来就把宋襄公捉住了。宋襄公急忙对身边的公子目夷说:“我真后悔当初没有听你的话,事已至此,你赶快回去守住国都,不要管我了。”公子目夷想到自己待在这里对宋襄公也没有什么帮助,就赶紧趁乱逃走了。

楚成王本来想拿宋襄公来威胁宋国,但公子目夷回到宋国后做好了防备;想把宋襄公杀掉,又怕引起各国诸侯的怨恨,于是就听从大夫成得臣的建议,在亳都召集诸侯,当众释放了宋襄公。郑文公推荐楚成王为诸侯之首,各诸侯国都表示赞成。

宋襄公本来是想谋取霸主的地位，结果反而被楚成王戏弄了一番，直恨得他咬牙切齿，但又苦于没有实力去报复楚国，看到郑国极力推荐楚成王做霸主，便把所有的怨气都撒到郑国身上，准备率领全国的军队去攻打郑国。公子目夷劝谏说："楚、郑两国刚刚交好，如果攻打郑国，楚国一定会来救助，恐怕不会取胜，不如休养生息，等日后有了机会再去报仇雪恨。"大司马公孙固也劝宋襄公不要去。宋襄公正在气头上，大怒着说："既然你们都不愿意去，那我自己去。"于是，就率领着大军去攻打郑国。

郑文公知道了，立刻派人向楚国求救，楚成王闻讯就要来帮助郑国。大臣成得臣说："此刻宋国国内空虚，我们与其跑去给郑国解围，不如去攻打宋国。宋襄公知道了一定会率领大军赶回来自救，到时候宋军疲惫不堪，我们以逸待劳，胜负不言而喻。"楚成王觉得这个主意很好，就任命成得臣为将军，斗勃为副将，率领军队攻打宋国。

宋襄公正和郑国军队对峙，得知楚国攻打宋国，就日夜兼程地赶回去，在泓水以南抵御楚军。大司马公孙固劝宋襄公说："这次楚军来主要是为了解救郑国，只要我们不再攻打郑国，并向楚国道歉，楚军就会撤回去了。"宋襄公说："当初，齐桓公率军去攻打楚国，现在楚军来了，我们反而要求和，这样还怎么重振齐桓公时期的霸业啊？"

公孙固说："我们的盔甲不如楚国的坚硬，兵器不如楚国的锋利，士兵不如楚国的强壮。百姓们害怕楚人就像是害怕蛇蝎一样，我们凭什么打败楚国呢？"宋襄公说："虽然楚国的兵器锋利、士兵强壮，但是楚国的仁义不足。有仁义的国家要对没仁义的国家退让，对我来说，是生不如死的事情。"于是，宋襄公命人制作了一面大旗，上面写着“仁义”两个大字，将大旗插在战车上，并和楚军约定了交战的日子。公孙固暗暗地说：“战争本来就是要有杀戮，又哪里谈得上仁义，我真不知道您所说的仁义在哪里。看来这次宋国是危险了。”

且说楚军开始从泓水北面渡过泓水，公孙固对宋襄公说：“楚军刚开始渡水，我们可以趁这个机会去突袭，这样就可以制约楚军，如果等他们都渡过来，楚军众多，我们就会寡不敌众。”宋襄公指着大旗说：“你看见大旗上写的‘仁义’二字了吗？我堂堂宋国大军怎么能趁人家渡水一半的时候袭击呢？”

又过了一会儿，楚军全部渡过泓水，成得臣旁若无人地指挥着楚军排列阵势。公孙固又对宋襄公说：“楚军刚开始摆兵布阵，还没有成列，我们现在击鼓进军，一定会使他们军心大乱。”宋襄公唾骂着说：“哼！你就知道贪图一时的利益，不顾万世的仁义。我堂堂宋国大军怎么能趁人家还没摆好阵势就击鼓进兵呢？”公孙固暗地里叫苦不迭。

等楚军人强马壮、漫山遍野地摆好阵势，宋襄公才下令击鼓进兵。宋襄公亲自带领着公子荡、向訾守两员大将，率领着一支军队直奔楚军阵营。成得臣见宋军来势凶猛，暗自传下命令，开了阵门，放宋襄公一队人马进去。随后赶来的公孙固被楚军将领斗勃拦截。两军交战，霎时间漫天烟尘，到处都是人仰马翻。

弱小的宋军根本就不是楚军的对手，不一会儿就死伤大半，宋襄公也被射断右腿膝筋，站都站不起来了，“仁义”大旗也早就被楚军夺走了。成得臣乘胜追击，缴获的粮草兵车不计其数。公孙固奋力拼杀才把宋襄公救了出来。

宋襄公和公孙固连夜逃回宋国，那些死难的士兵家属都辱骂嘲笑宋襄公，埋怨他不听公孙固的劝告，才导致了失败。宋襄公听说了，叹息着说：“君子不攻击受重伤的人,不捉拿年纪大的人。我以仁义来带领军队,怎么能乘人之危呢?后来人们所说的宋襄公因为实施仁义而导致失败的事情,指的就是这次战争。

晋重耳周游列国

重耳，晋国人。他和申生、夷吾都是晋献公的儿子。重耳年轻的时候就喜欢招贤纳士，加上他一向有贤德的名声，办事又精明，所以，十七岁的时候就拥有赵衰、狐偃、贾佗、先轸、魏武子这五位贤人。

晋献公早年讨伐骊戎部落的时候，骊戎部落请求议和，并向晋献公进献了骊姬。骊姬不仅长得漂亮，而且诡计多端，深受晋献公的宠爱。后来，骊姬生了一个儿子，名叫奚齐。骊姬想方设法地把原来的太子申生害死，立奚齐为太子，还派人追杀晋献公的另外两个儿子重耳和夷吾。重耳和夷吾为躲避骊姬的陷害，就分别逃到翟地、梁地。

重耳在翟地居住了五年之后，晋献公去世，于是就有人想要拥立重耳回国即位，重耳担心遭到杀害，就坚决推辞，不敢回到晋国。于是大臣们就将夷吾从梁国迎接回来，立夷吾为王，夷吾就是晋惠公。晋惠公即位之后，担心重耳有一天会回来争抢王位，于是就派人去杀重耳。重耳听说了这个消息，就和他的谋士一块去了齐国。临行前，他对妻子说："如果二十五年之后我还没回来，你就再嫁吧。"他的妻子笑着说："二十五年之后，我坟地上的柏树都长大了。你放心去吧，我会等你回来的。"

到了齐国之后，齐桓公对重耳十分热情，将齐国宗室的女子嫁给了重耳，并赐给他十二辆马车，给他安排居住的地方。不久，齐桓公去世，诸子争权，齐国发生内乱。等到齐孝公即位后，又一反齐桓公时期的做法，亲近楚国，结怨宋国，很多诸侯都对齐国十分不满。重耳的谋士赵衰等人觉得齐孝公不会帮助重耳，就劝说他离开齐国，去其他的国家。但是，重耳因贪恋在齐国娶的妻子，不想离开。于是，赵衰、狐偃等人就去了东门外的桑树下，一起谋划如何使重耳离开齐国。

他们以为来到郊外这个僻静的地方会没人知道，但他们的一番谈话正好被正在采桑的齐国侍女听到。侍女回到宫中，将听到的情况告诉了重耳的妻子。于是，重耳的妻子就劝说重耳离开。重耳说："能够享受人生的安乐，还去追逐其他的做什么。我打算就这样度过一生了，不想离开。"他的妻子说："你是堂堂晋国的公子，走投无路了才来到齐国，你的谋士们跟随你出生入死。况且，自从你流亡以来，晋国就没有安生过。如今，晋惠王夷吾昏庸无道，百姓苦不堪言，这是上天在给你机会。你这次回去，一定能够得到晋国，就不要迟疑了。"重耳不听劝告，还是不想离开。

第二天晚上,重耳的妻子将重耳灌醉,把他放在车子上,让狐偃、赵衰等人连夜运出齐国。走了大约五六十里路,天已经快亮了,重耳在车上翻了个身,叫宫人取水来解渴。狐偃在旁边说:“得等到天亮之后才有水喝。”重耳依然迷迷糊糊,只觉得身体摇摇晃晃,就说:“扶我下床。”狐偃又说:“这不是床,是车子。”这时,重耳才清醒过来,他知道中了计,立刻坐起来,大骂:“你们这些人把我运出来想干什么?”狐偃说:“我们想把晋国献给公子。”重耳忿忿地说:“如今还没有得到晋国,就已经先失去了在齐国的好日子!如果这次成就不了功业,我就吃了你的肉。”狐偃说:“如果不能成功,我都不知道自己会死在哪里,又怎么让你吃我的肉?如果成功了,你就会有享不尽的美味佳肴,我的肉腥臭难闻,又有什么可吃的?”赵衰等人也都劝重耳说:“我们当初抛家舍业地跟随您,就是希望能辅助您建功立业,名载史册。如今,晋惠公不得民心,百姓们都希望您回去掌管晋国,所以我们才出此下策,带您回去。”重耳说:“既然已经这样了,那就按你们说的做吧。”于是,众人吃饱喝足,整顿好车马后就又继续前进了。

他们一路上经过曹国、宋国、郑国,最终到了楚国。楚成王用对待诸侯的礼仪来对待重耳,重耳辞谢着不敢当。赵衰说:“你流亡在外十多年,小的诸侯国轻视你,更何况是大国呢?现在楚国对您这样重视,您就不要推让,这是上天在帮助您。”于是,重耳就接受了楚王的厚爱。

一天,楚成王邀请重耳一起去打猎,楚成王射中了一只鹿和一只兔子,众将领们都伏地祝贺。正巧有一只熊从树林里穿过,楚成王对重耳说:“公子射一下那只熊吧。”重耳拿起弓箭,暗暗祈祷说:“如果这次能回到晋国成为君主,就让我射中熊的右掌。”只听“嗖”的一声射过去,正好穿过熊的右掌,楚成王佩服地说:“公子真是神箭手啊!”

打完猎之后,又聚在一起痛饮。楚成王问重耳:“如果你返回晋国,打算用

什么来报答我呢？”重耳说：“要是说给您金钱奴隶，您已经绰绰有余；要是说给您飞禽走兽，这些本来就是楚国产的，您根本不需要。我还真是不知道该用什么来回报您。”楚成王说：“即便是这样，你总应该拿点东西来回报我啊。”重耳说：“如果大王能帮助我回到晋国，执掌朝政，我就和你缔结盟约。如果到了迫不得已的时候，和大王的军队在平原水地相会时，我退避三舍。”

酒宴散了之后，楚国的大将成得臣生气地说：“大王对重耳这样厚爱，重耳却张狂傲慢、出言不逊，等他回到晋国一定会辜负楚国，请大王杀了重耳。”楚成王说：“重耳贤明而又有才，虽然在外流亡十多年，但跟随他的人都是些国家栋梁，终有一天会成就大事。如今来到楚国，这是上天的安排，怎么能杀了他呢？况且重耳说的又都是实话，他确实没有什么可以拿来进献，如果不这样说，还能说什么呢？”

在楚国住了几个月之后，秦国听说重耳在楚国，就想把他召到秦国。重耳就假装着对楚成王说：“我在您这里待得很好，真不愿意去秦国。”楚成王说：“楚国和晋国相距甚远，中间隔了好几个国家，而秦国和晋国相邻，秦王又十分贤明，这是上天在保佑你，你就去秦国吧。”于是，就将重耳送出楚国。

来到秦国之后，秦穆公将秦国宗室的女子嫁给了重耳，重耳接受了。秦缪公十分高兴，就举行宴会，和重耳日夜饮酒。赵衰、狐偃等人和秦国大臣蹇叔、百里奚等人也时常研究复国大事，等待着重返晋国的机会。

晋惠公十四年九月，晋惠公去世，太子圉即位。晋国大夫栾枝等听说重耳在秦国，都暗中劝说重耳、赵衰等人返回晋国，并答应给他们做内应。于是，秦穆公就派出军队掩护重耳回到晋国。晋国听说秦国派兵攻打，就派出军队前去迎战，但实际上大家都知道秦军是在掩护重耳返回晋国，所以都不去抵抗。只有当初拥立晋惠公的晋大夫吕甥、郤芮等人不想立重耳为王,但最终因势力弱小而兵败。

重耳在外流亡十九年,最终回到了晋国,这时他已经六十二岁了。虽然年纪已经很大,但是因为重耳贤明,晋国百姓依然都很拥护他。

介子推守志焚绵山

介子推，又名介之推，后人尊为介子，晋国人。介子推为人正直孤傲，曾跟随重耳在外逃亡十九年，风餐露宿，饥寒交迫，备尝艰辛。重耳最终能返回晋国，立为晋君，介子推功不可没。

当初重耳流亡在外，先后被晋献公、晋惠公追杀，经常食不果腹、衣不蔽体。有一次逃亡到了卫国，身上没有一点粮食，十分饥饿。重耳就让狐偃去向田间的农夫乞讨，农夫不但不给饭吃，还把他们讥笑了一番。后来，重耳等人实在是饿得没办法了，就在树林里休息。大家争着去采食树林里的野菜，重耳看着野菜,想着自己落到如此落魄的境地,就难以下咽。这时,介子推突然捧着一碗肉汤进献给重耳。重耳十分纳闷,就问介子推:“我们身上连一点粮食都没有了,只能在这树林里找些野菜勉强充饥,你是从哪里弄来的肉啊?”介子推说:“是我自己大腿上的肉。我听说‘孝顺的人可以用自己的生命来奉养双亲,忠义的臣子可以用自己的生命来侍奉君王’。如今,公子没有饭可吃,所以我就把自己大腿上的肉割下来给您吃。”重耳听了,感动地流下泪来,说:“我这个流亡在外的人连累你了,我真是无以为报啊!”介子推说:“我并不奢望有什么回报,只希望公子能早日回到晋国,成就一番大事!”

后来,重耳历尽艰难险阻终于返回晋国,成为晋文公,开始论功行赏。之前跟随他逃亡的狐偃、赵衰等人都得到了赏赐、封官加爵,但是介子推因为觉得狐偃居功自傲,耻于和他同列朝班,在进宫朝贺了一次之后,就推托生病,不再上朝,甘愿过起清贫的生活,自己编草鞋为生,侍奉老母亲。晋文公在大赏群臣时,没看见介子推,也就慢慢地把他忘了。

介子推的邻居解张见介子推没有任何赏赐,就替他感到不平,后来看见城门上贴出告示:“凡是有功劳而没有得到封赏的,可以自己进宫说明情况。”于是,邻居就把这个消息告诉了介子推。介子推笑了笑,什么也没说。

介子推的母亲听说了这件事情,就对介子推说:“你跟随晋君在外流亡了十九年,还曾经为了救他割下自己大腿上的肉,劳苦功高。为什么不去向晋君说出来?哪怕只是给点粮食,让我们有口饭吃,也比你天天编草鞋好啊。”介子推说:“当初晋献公有九个儿子,最贤明的就是主公。晋惠公、晋怀公都不贤明,主公能够成为晋君是上天注定了的。其他的大臣们不知道上天的安排,争着表现功劳,接受赏赐,我对他们根本就不耻。我宁可一辈子编草鞋,也不敢把上天的安排当成是自己的功劳。”母亲说:“你即便是不想封官加爵,也应该进朝去见一见晋君，好歹你也曾经有割股的功劳啊。”介子推说：“我既然已经不想得到什么功名利禄了，还进朝做什么呢？”母亲说：“既然你能做廉洁的人，我又怎么能不做廉洁之士的母亲呢？我们母子俩还是隐居到深山里，不要混杂在这市井中了吧。”介子推高兴地说：“我向来十分喜欢绵山，那里山高谷深，我们就去那里吧。”说完，母子俩收拾了一下行李，就去了绵山，在那里定居下来。

邻居们都不知道介子推母子去了哪里，只有解张知道，他还是觉得介子推这样做太委屈，于是就写了一封信，半夜的时候挂在城门上。第二天，有大臣把这封信交给晋文公，晋文公看了之后，大吃一惊，说：“这是介子推在埋怨我没有赏赐他吗？当初我流亡到卫国，没有粮食吃，是介子推割股给我吃啊，如今论功行赏，我却单单把他给忘了，我真是糊涂啊！”说完，立刻就派人去找介子推，但是却没有找到。晋文公又将介子推的邻居找来，询问介子推的去处。

解张对晋文公说：“这封信是我代介子推写的。他因为不愿接受赏赐，带着他的母亲住到了深山里。我担心他的功劳被埋没，所以才写了这封信了。”晋文公说：“如果不是你，我差点就忘了介子推的功劳了！”于是，就任命解张为下大夫，让他引路，自己亲自到绵山寻找介子推。但是，到了绵山，只见那里层峦叠嶂，谷深林密，根本就找寻不到。

晋文公在树林了找了很多天也没找到介子推，就开始有些着急，他对解张说：“介子推就这么怨恨我，不愿出来见我吗？我听说介子推十分孝顺，要是我把这片树林点着，他一定会带着母亲一起出来的。”于是就下令在山前山后放火，借着风势，大火蔓延了数里，三天才熄灭。介子推还是没有出来，后来，有人在一棵枯死的柳树下面发现了介子推和他母亲的尸体。晋文公见了，痛哭流涕，十分后悔自己的做法，他命人把介子推母子葬在绵山下面，建立祠堂，改绵山为介山，以警戒自己的过错。

焚山的日子正巧是在清明节，百姓们仰慕介子推的廉正，又因为他死于火中，不忍心点火做饭，所以就只吃些冷食。及至今日，山西部分地区的人们把清明前一天称为寒食节，每到这天，家家在门前插上柳枝，来召唤介子推的魂魄，也有人在野外祭拜，焚烧纸钱，来纪念介子推。

柳下惠授词却敌

柳下惠，姓展名获，字禽，春秋时期鲁国人，是鲁孝公之子公子展的后裔。“柳下”是他的食邑，“惠”则是他的谥号。

齐桓公死后，齐孝公即位，齐国的国力日渐衰落。虽然齐孝公也想像齐桓公那样成就一番霸业，但是由于他违逆宋襄公、楚成王，使得各诸侯十分不满，不再来齐国朝贺。齐孝公心里不高兴，就准备进兵中原，重新树立齐国的威信。

齐孝公召集大臣们商议：“之前桓公在位的时候，连年征战，才取得了霸主的地位。如今,我天天安坐在朝堂之上,就像是躲在蜗牛的壳里,也不知道外面发生了什么事情,真是惭愧啊! 如今,鲁国北与卫国结盟,南又和楚国关系甚好,如果他们联合起来攻打我们,到时候该怎么办呢? 听说今年鲁国遭遇饥荒,我想趁这个机会去攻打鲁国,来防止他们联合。你们觉得怎么样?”大夫高虎说:“鲁国有那么多帮手,恐怕未必能取胜。”齐孝公说:“即便是胜不了,也要去试试,趁这个机会看看各诸侯国的态度。”于是,齐孝公率领兵马准备攻打鲁国的北部边境。

驻守鲁国边防的人听到这个消息,立刻回来报告。此时,鲁国正遭受饥荒,百姓们连饭都吃不饱,根本就无法参军作战。大夫臧孙辰对鲁僖公说:“齐国这次来攻打我们,可以说是气势汹汹,我们不要和他们正面冲突,最好是找个善于外交辞令的人,去和齐国谈判,尽量避免这次战争。”鲁僖公问:“如今有谁善于辞令啊?”臧孙辰说:“我向您推荐一个人,他是前朝公子展的后人,姓展名获,曾经担任过执掌禁令刑狱的官职,居住在柳下。他这人外表谦和,内心耿介,博学多识,因为不合于世俗,所以才弃职归隐。如果派这个人去和齐国谈判,一定能够顺利完成和谈任务。”鲁僖公于是就派人前去邀请展获。

展获推辞说自己有病,不能外出。臧孙辰说:“展获有个弟弟名叫展喜,虽然职位低微,但也善于辞令。如果让展喜去向展获请教对策,展获一定会告诉他的。”于是,鲁僖公就派人找到展喜,让他去向展获求教退敌良策。展喜见到展获,就把鲁僖公的意思转达给了他。展获说:“齐国攻打鲁国,无非就是想要重振齐桓公时期的霸业。如果以先王的旨意来责怪他,齐国又怎么会不退兵呢?”展喜听了大喜,回去后告诉鲁僖公:“我知道该怎样说服齐王,让齐国退兵了。”于是,鲁僖公就让展喜带着牲醴粟帛去了齐国军营中。

展喜到了鲁国北部边境,此时齐军还没进入鲁国边境。展喜又继续向前行至汶南,遇到了齐国的先锋部队,在齐国先锋崔夭的引荐下见到了齐孝公。展喜送上带来的礼物,说:“我们国君听说您亲自来到这里,特地派我来送些东西。”齐孝公说:“鲁国人听说我准备攻打鲁国,是不是有些害怕了?”展喜笑着说:“那些小人可能会有些害怕吧,至于君子,则一点儿也不害怕。”齐孝公说:“鲁国现在既没有施伯那样有智谋的人,也没有曹刿那样的勇猛之士,况且今年又遭受了饥荒,漫山遍野连根青草都没有,你们凭什么不害怕?”展喜说:“我们没有什么凭仗,只是凭借着先王的旨意而已。当初,周王封太公在齐地,封我们先君伯禽在鲁地,并让周公和太公割牲为盟,发誓说:‘子孙后代共同扶持王室,永远不互相攻打。’这番誓言就记录在史册中。齐桓公遵循先王的旨意行事,每次联合诸侯前都先和鲁庄公签订盟约。自从您即位以来,我们国君日夜盼望您能重振桓公时期的霸业,与各诸侯和睦相处。相信您一定不会做出背弃周先王的旨意、违背齐太公的誓言、毁坏桓公创建的霸业这样的事情。我们就是知道您不会这样做,所以才不害怕的。”齐孝公想了想,说:“你回去对鲁王说,我愿意和鲁国重修于好,不再进兵了。”当天就班师回朝了。

虽然与齐孝公所谈的话是由展喜说出,但却是展获传授的。展获仅凭借着几句话就能使齐国大军退兵,足可见展获的贤能。

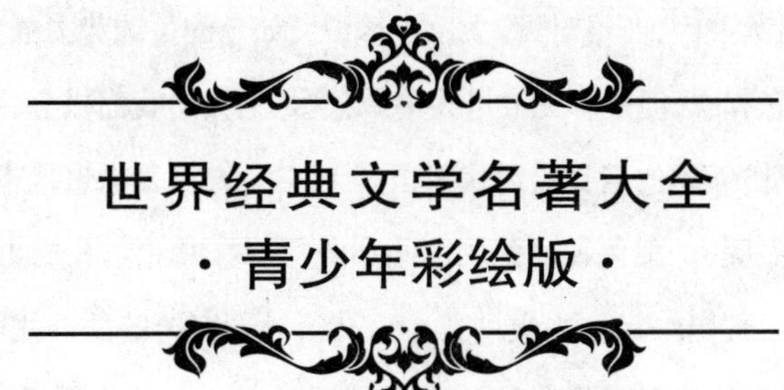

晋楚城濮大交兵

重耳回到晋国之后，登上君主之位，他就是“春秋五霸”之一的晋文公。不久，周王室发生动乱，周襄王被迫逃到郑国避难，并派人到晋国求救。晋文公犹豫不决，狐偃说：“当初齐桓公之所以能够成就霸业，就是因为尊奉周王室。如今，周王室有难，您应该鼎力救助，这样才能使晋国的基业更加稳健。如果别的国家抢先去救助周王室，那么霸业就会成为别国的。”于是，晋文公就出兵帮周襄王回到了周都。周襄王感激晋文公的功劳，就赏赐了四个城池给晋国。

后来，楚成王任命成得臣为大将，率兵包围了宋国，宋成公派人到晋国求援。晋文公召集大臣，商量对策。大臣先轸说："如今的楚国势力强大，飞扬跋扈，虽然之前对您有恩，但是却无故进兵中原，这是上天给我们机会，我们可以打着解救灾难、抚恤邻国的名义去讨伐楚国。"晋文公说："我也想帮宋国解除危难，但是该怎样做呢？"狐偃说："楚国刚刚和曹、卫两国结盟，我们可以去攻打曹、卫，这样的话，楚国一定会去救助曹、卫。到时候，宋国的危难就可以解决了。"于是，晋文公率领着大军前去攻打曹、卫两国。

楚国大将成得臣率领着大军前来和晋军对阵，晋文公向大臣们询问御敌良策。狐偃说："当初您曾经在楚王面前许下诺言：若是在平原水地作战就要退避三舍。如果现在立刻就和楚军交战，就是失信了。一定要先退避。"其他的将领都非常不满，生气地说："成得臣只不过是个臣子，让大王退避他，这不是太丢人了吗？绝对不可以！"狐偃说："但是，我们不能忘了当初楚国给我们的帮助。我们退避的是楚国，并非是成得臣。"众将领们又问："如果楚军追过来，怎么办？"狐偃说："如果我们退避，楚军也退后，那宋国的危难就解除了。如果我们退避，楚军还进攻，那就是以臣逼君，错在楚军。实在退得没办法了，我们的士兵们就会恼怒。用一支充满愤怒的军队去对抗一支骄傲的队伍，我们就会轻而易举地取胜。"于是，晋文公下令退后九十里，到了城濮这个地方。

楚军见晋军一直退让，以为是晋军胆怯，于是步步紧逼。一直到了城濮，双方才列阵相对。成得臣查看地形，占领了有利的地势。晋国将领担忧地对先轸说："楚军占据了有利的地形，易守难攻，该怎么办啊？"先轸说："楚军这次来是为了进攻，不是为了守城，即便是占据了有利地形又有什么用？"于是，先轸分拨兵将，派狐毛、狐偃率领上军进攻楚军的左师，派栾枝、胥臣率领下军进攻楚军右师，自己带领中军和成得臣对阵。另外派出一部分军队，绕到楚军后面埋伏，截断楚军的归路，又让赵衰等人保护着晋文公在山上观战。第二天，双方列好阵势，楚将成得臣一声令下："左右两军先进攻，中军随后。"

且说率领晋国下军的将领栾枝打探到楚军右师是陈、蔡两国的军队，十分高兴，因为陈、蔡两国的军队怯战，很容易就能攻破。于是，栾枝事先让人用虎皮蒙住驾车的马匹，等到和楚军交战的时候，陈、蔡两国的军队以为是老虎来了，惊慌逃窜，乱了阵脚。晋军趁乱一举打败了楚国右师，死伤的楚军不计其数。栾枝又派人砍来树枝，拴在马车后面，弄得满天飞尘，然后命令一部分晋军假扮成陈、蔡两国军队的士兵，打着楚国的旗号，往楚国军营中报告说右师已经取胜，中军可以进兵了。成得臣站在车子上望了望，看见晋军失败而逃，一路上尘土飞扬，就高兴地说："晋军果然失败了！"于是催促楚军左师冲过去。

楚军的左师看见对面晋军的旌旗高悬，料想旗下就是主将，就直冲了过去。晋军将领狐偃见势，上前迎战，只打了几个回合，就驾车往回跑。楚军将领以为晋军胆怯，便指挥着大军全力追赶。忽然，听到鼓声震天，一支晋军冲出来，将楚军拦腰结成两节，狐偃也转了回来，继续作战。楚军抵挡不住，杀出一条血路逃走，把兵器车马全都丢下了。

前面楚军的左右两师都已经被打败，而成得臣却以为左右两师已经取胜，于是就下令中军击鼓进兵，让他的儿子成大心出阵。之前，先轸已经吩咐好将领祁瞒要守住中军，无论敌军怎样挑战，都不应战。起先，祁瞒还能坚守先轸的命令，但是后来听说前来挑战的是个十五六岁的孩子，就忍不住冲了出去。两人大战了二十多个回合也没分出胜负。楚将斗越椒见成大心一直不胜，就掏出弓箭，射中了祁瞒的盔缨。祁瞒吃了一惊，绕阵逃跑。斗越椒和成大心率领楚军直奔晋国中军大营，晋国中军的士兵见没了将领，立刻乱了阵脚。幸好栾枝、狐偃等人一起赶到，晋军便犹如铜墙铁壁一般。直到这时，成得臣才知道楚军的左右两师已经被打败，想要撤回已经来不及，晋军已将楚军重重围困。

成大心率领着六百多士兵，拼死力战，才使得成得臣突出重围。等撤到安全的地方，成得臣点算兵马，发现左右两师几乎全军覆没。成得臣悲痛地说："本来是想借这场战役使楚国的威信名扬四海，不料却中了晋国的圈套。我真是罪不可恕啊！"就命人把自己囚禁起来，让成大心率领着残余的部队去见楚成王，代为请求死罪。

楚成王此时还在申城，见了成大心，大怒道："你父亲有言在先：'如果不胜的话甘愿受军法处置。'如今还有什么话说？"成大心叩头说："我父亲自知罪过深重，就要自杀，我阻止了他；又想要让大王您赐死，来严明法纪。"楚成王说："楚国法律规定：凡是打仗失败的人都要处死。你回去后让各位将领赶紧自杀吧，不要脏了我的斧子。"

成大心见楚成王丝毫没有怜悯赦免的意思，就痛哭着回来报告父亲。成得臣哀叹地说："即便是楚王赦免了我，我又有什么面目去见楚国的父老乡亲？"说完，面朝北拜了两拜，就拔剑自刎了。

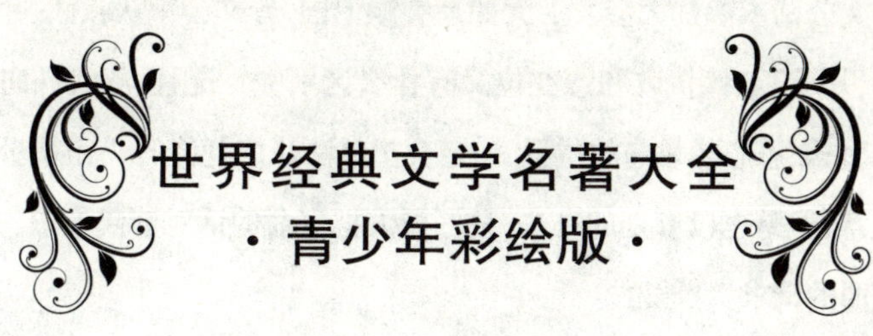

智宁俞假鸩复卫

晋文公在位的时候，有一次攻打曹国，想要从卫国借道，卫成公没有答应。晋文公一怒之下就要去攻打卫国，卫成公听说了十分害怕，就让弟弟叔武代理国政，自己则避居到襄牛。

后来，周襄王在践土召开大会，准备将晋文公任命为诸侯之首。晋文公遍邀各国诸侯，但是却没有邀请卫国。卫成公对大夫宁俞说："这次大会没有邀请卫国，难道是晋国的怒气还没有消？我不能再在这里待着了。"宁俞说："你要是到其他国家去，哪个国家会接纳您呢？您不如让位给您的弟弟叔武，让元咺去向晋文公请求参加大会。上天如果眷顾卫国，晋文公承认叔武，允许叔武参加大会，那么，叔武执政和您在位又有什么区别呢？况且，叔武一向对兄弟友爱，他又怎么忍心代替您的位置，一定会想办法让您复位的。”卫成公心里虽然很不愿意，但是也没有别的办法，只好派人把宁俞的话对叔武说了。晋文公同意了卫国的请求。

大会结束之后，叔武拜见晋文公，哭着说：“希望您能抛弃前嫌，垂怜我们卫国，让我的兄长重新执掌卫国，我的兄长一定会听从您的号令。”说着，叔武不断地磕头请求，晋文公才答应下来。

叔武回去之后，立刻给卫成公写了一封信，让他回国执政。卫成公大喜，但是，公子歂犬说：“叔武执掌国政这么长时间了，深受百姓爱戴，又和邻国建立了同盟关系，这次让您回去执政还不知道是真是假呢，不能轻易相信。”于是，卫成公就派宁俞先去探探情况。到了卫国，宁俞通过打探得知事情是真的，就回来对卫成公说：“叔武是真心想邀请您回去，并没有什么歹意。而且，我已经和百姓们约定了您返回的日期。”但是，歂犬又在背后对卫成公说：“说不定叔武和宁俞签订密约，已经做好埋伏，想要加害于您，您不如提前返回，让他们措手不及。”于是，卫成公就让宁俞先行，而自己暗地里快马加鞭地返回卫国。

宁俞到了卫国，刚刚通知守卫的士兵做好迎接卫成公的准备，卫成公就到了，歂犬率先进城。此时，叔武正在院子里洗头发，听说卫成公到了，又是吃惊又是高兴，不等晾干头发、挽成发髻，就用手握着头发跑出去迎接了。刚走到门口，就看见了先进来的歂犬。歂犬担心卫成公与叔武一旦见面，说出前因后果，会给自己惹来灾祸，他远远地看见叔武跑出来，二话没说，就搭弓射箭，一下就把叔武射死了。宁俞进来的时候，叔武已经死了。元咺听说了，大吃一惊，大骂道：“这个无道的昏君，枉杀无辜，天理不容，我要到晋文公面前去投诉。”痛哭

着就去晋国了。

卫成公进城后，看见宁俞满面泪水，说："叔武得知您来了，高兴地没等头发晾干就跑出来迎接您，谁知却被您派来的人杀死了，您让我在百姓面前失信，我真是罪该万死！"卫成公也觉得自己做得有点过分，就和宁俞一块去看叔武的尸体。到了屋子里，卫成公看见叔武两眼大睁着，就把叔武的头抱起来，痛哭着说："弟弟啊，我因你才能返回卫国，你却为我而死，真是让我伤心啊！"只见叔武的两只眼睛里闪烁着泪光，慢慢地闭上了。宁俞说："不杀歂犬就不能使叔武瞑目。"于是，卫成公派人将歂犬抓来杀掉，厚葬了叔武。

再说元咺跑到晋文公面前，将卫成公猜疑叔武，派人杀掉叔武的前因后果说给晋文公，晋文公听后大为恼怒，安慰了元咺几句，就派人报告给周襄王，周襄王想要袒护卫成公，但晋文公不依不饶，周襄王只好派先蔑把卫成公押解到京师。

卫成公身体不太舒服，于是晋文公就派随行的医衍和卫成公同行，让医衍打着看病的名义，找机会用毒酒杀了卫成公，以解心中的怨气，还威胁医衍说："要是做不好这件事，就杀了你。"另外又让先蔑时刻督促医衍。

到了京师，周襄王把卫成公关在囚室里，宁俞紧跟着卫成公，寸步不离。所有的饮食，宁俞都事先尝过了之后才让卫成公吃。先蔑一直督促医衍尽快下手，只是宁俞防范得十分严密，根本就没有机会。医衍实在没办法了，就把事情告诉了宁俞。宁俞说："既然你对我推心置腹，那我就想个两全其美的办法，既不让卫成公受害，也不让你为难。听说之前曹国的君主，凭借鬼神的事情获得了赦免，如今我们也托言鬼神，事情就能办成了。"

于是，宁俞就假传卫成公的命令，向医衍要了些药酒治病，医衍在药酒中掺了些毒药,但是分量非常少。宁俞要事先尝一尝,医衍假装着不让,强行给卫成公灌了下去。刚灌了两三口,医衍就睁大眼睛,看着庭院,大叫着倒在地上,口吐鲜血,不省人事,半晌才醒过来。宁俞故意大惊小怪,问医衍是怎么回事。医衍说:"我刚才给卫成公灌酒的时候,忽然看见一个神人,身长一丈多,头很大,面目严肃,从天上下来,直接进到屋里,说:'我奉了唐叔的命令前来拯救卫成公。'于是就用金锤把药罐打破,又让我魂魄都丢了。"卫成公也说自己和医衍看见的一样。宁俞大怒着对医衍说:"原来你用毒酒来害卫成公,如果不是有神人相救,就坏事了。我要杀了你。"说着,就假装着要去打医衍,被身边的人拉住了。先蔑听说了,就跑过来,对宁俞说:"既然卫成公有神灵庇佑,那我就去和晋文公说说吧。"

卫成公喝下的毒酒很少,中毒不深,所以休息了几天就好了。先蔑和医衍回到晋国,把事情说给晋文公,晋文公相信了,就放过了卫成公,也没有追究医衍的责任。

鲁僖公原来和卫国的关系很好,听说卫成公喝了毒酒都没有死,而且晋文公也没有追究责任,就问大夫臧孙辰卫成公能不能复国,臧孙辰说:"如果您去替卫国求情,一定能使卫成公复国。到时候,人人都会称赞您品节高尚。"于是,鲁僖公派人分别送给周襄王、晋文公十双白璧,最终使得卫成公重返卫国。

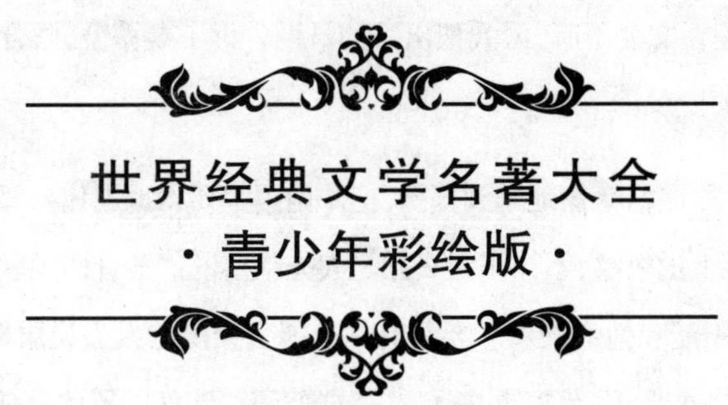

老烛武缒城说秦

自城濮大战后，晋国的名声大振，在践土大会上，晋文公又正式确立了霸主的地位。后来，晋国休养生息，养精蓄锐，国力不断增强。

一天，晋文公对大臣们说："郑国曾经出尔反尔，实在是可气，现在又背着晋国和楚国联盟，我想要联合诸侯去攻打郑国。"大夫先轸说："我们的军队强大，何必要联合其他的诸侯呢？"晋文公说："我在践土大会上曾经和秦国约定，如果打仗一定要并肩作战。"先轸说："郑国是中原地区的核心所在，齐桓公争霸时就争夺郑地。如果联合秦国，秦国也一定想要得到郑地，那还不如我们自己去呢。”但是晋文公不听，派人把出兵的日期告诉了秦穆公，联合秦国一块去攻打郑国。

秦晋大军浩浩荡荡地来到郑国，把郑国国都死死地围住。郑文公在城内急得像是热锅上的蚂蚁，不知该怎么办。大夫叔詹说：“秦晋两国联合，来势凶猛，势力强大，不能和他们硬拼。要是有一个能言善辩的人去说服秦国，让他们退兵，只剩下一个晋国，就好办多了。”郑文公问：“谁可以担此重任啊？”叔詹说：“佚之狐可以。”于是，郑文公就准备让佚之狐前去游说秦国。

佚之狐说：“我实在是不能担此重任，不过，我可以举荐一个人。这个人口若悬河，舌摇山岳。但他年纪很大了，也没有得到重用，要是大王能给他加官晋爵，让他去游说秦王，就不用担心秦国不会退兵了。”郑文公急切地问：“你说的这个人是谁啊？”佚之狐回答说：“他是考城人，姓烛名武，已经七十多岁了，是个饲养牛马的小官，做了三朝的官也没有得到晋升。希望大王能够升他的官，派他去游说。”于是，郑文公就召见烛武进宫。

烛武进宫之后，左右两边的大臣们见他头发胡子全白了，弯背驼腰，步履蹒跚，一副老态龙钟的样子，就忍不住笑出声来。烛武毫不理会，他向郑文公拜了拜，说：“不知道大王召见我有什么事情啊？”郑文公说：“佚之狐向我推荐你，说你能言善辩，才识过人，所以我想派你前去说服秦国退兵。事成之后，我愿意和你一块管理郑国。”烛武推辞着说：“我才疏学浅，年轻的时候尚且得不到重用，建不了功业，更何况现在已经年老体衰，笨口拙舌，怎么能去游说秦国这样一个千乘之国呢？”郑文公说：“你在郑国三朝为官，忠心耿耿，一直到老都没有得到重用，是我的过错。如今，我就封你为亚卿，你就勉为其难地去为我跑一趟吧。”佚之狐也在旁边说：“大丈夫怀才不遇是上天的安排，如今大王这么器重你，你就不要推辞了。”于是，烛武就答应了。

当时,秦晋两国把郑都围得十分严密,秦军在东面,晋军在西面,两国分据两边,不能互相照应。于是,当天晚上,烛武让人把自己用绳子从东门城墙上缒下,直奔秦军营寨而去。把守的士兵看见突然间冒出这么一个人,就把他拦在门外不让进去。烛武就在营寨外面大声痛哭,营吏把他捉进去见秦穆公。

秦穆公问:"你是什么人啊?"烛武说:"我是郑国的大夫烛武。"秦穆公说:"那你为什么哭?"烛武说:"我哭,是因为郑国就要灭亡了。"秦穆公说:"郑国灭亡,你为什么在我的营寨外面痛哭?"烛武说:"我为郑国而哭,也是在为秦国而哭。郑国灭亡没有什么,我只是替秦国感到可惜。"秦穆公一听这话,大为恼怒,呵斥道:"我们秦国有什么可惜的?你倒是说来听听,要是说的有一点不对,我就把你立刻处斩。"

烛武一点也不害怕,他不慌不忙地说:"秦晋两国联合出兵包围郑国,郑国灭亡是肯定的。如果说郑国的灭亡能给秦国带来好处,那我就什么也不说了。关键是郑国灭亡对秦国不但没有任何好处,还会带来坏处。这样无益有损的事情,您为什么还劳民伤财兴师动众地去为别人打仗呢?"

秦穆公说:"你说的无益有损是什么意思?"烛武说:"您想啊,郑国在晋国的东面,秦国在晋国的西面,东西相距上千里。秦国东面有晋国,南面有周国,难道秦国能跨过周国、晋国而拥有郑国的土地吗?郑国即便是灭亡了,也是晋国占有郑国的土地,和秦国有什么关系?而且秦晋两国相邻,实力不相上下,一旦郑国被晋国吞并,晋国就会更加强大,而秦国就会显得弱小了。替别人兼并土地而削弱自己的实力,聪明的人是不会这样做的。况且,当初晋惠公在位的时候,曾经许诺给秦国五座城池,但是后来却违背了诺言,这事您是知道的。您对晋国的恩惠已经很多了,但是您看见晋国给您一点回报了吗?晋文公从复国以来,增兵设将,兼并小国,扩充实力。如今向东攻打郑国,等灭了郑国,以后肯定会想要向西扩展土地的。到那时，秦国就有难了。大王难道没有听说过虞国、虢国之间的事情吗？晋国借助于虞国的力量去攻打虢国，然后又掉过头来攻打虞国，虞君不够聪明才帮助晋国灭掉了自己，这可是前车之鉴啊！晋国对秦国的居心可以说是深不可测，难道大王您就甘愿受晋国的摆布吗？这就是我所说的'无益有损'，我也是因为这个原因为秦国痛哭。"

秦穆公静静地听了很久，等烛武说完，秦穆公点头说："大夫说的话真是太对了。"百里奚说："烛武是个辩士，他的目的就是要离间秦晋两国，大王千万不要听信他的话啊！"烛武说："大王如果现在能够解除对郑国的围困，郑国愿意背弃楚国，和秦国结好。以后，要是秦国的使者路过郑国，郑国一定给予方便，就像是秦国境外的府库一样。"秦穆公听后十分高兴，于是就和郑国歃血为盟，留下两千多兵马帮助郑国驻守城池，自己则率军暗地里班师回朝了。

晋文公知道后，大为恼怒。狐偃请求追击秦军。晋文公说："不可以，当初我借助着秦国的力量才返回晋国，享有江山社稷。没有秦国的帮助，不可能有今天的我。况且，即便是没有秦国，我们也能去攻打郑国。"

恰好此时郑国派人来求和，晋文公一想，郑国公子兰在晋国已经待了很多年，才识过人，和自己相交甚好，自己也早有扶持他的意思，于是便趁这个机会提出让公子兰返回郑国当太子作为议和的条件。郑文公考虑到自己没有儿子可以继位，又听说公子兰十分贤明，就同意了晋文公的要求。晋国与郑国结下盟约之后也就班师回朝了。

莽孟明视失算崤山

秦国奉命驻守郑国的三位将军听说郑国和晋国结盟，并且把公子兰立为太子，十分气愤，说："我们拼死拼活地为郑国抵御晋兵，结果郑国却向晋国投降，两国结盟，这不显得我们没什么功劳了吗？"秦穆公知道了也十分生气，但是，碍于晋国的实力，也只能是敢怒不敢言。

不久，晋文公去世，三位将军就派人秘密返回秦国，对秦穆公说："我们掌握着郑国北门，如果大王派兵前来偷袭，我们一定会做好接应。况且，晋国现在正在举行大丧，肯定不会来救郑国，到时，内外夹攻，就能轻而易举地攻下郑国了，千万不要错失良机啊！”

秦穆公接到密报之后，就和蹇叔、百里奚商量。蹇叔、百里奚都劝秦穆公说：“秦国和郑国相距千里，即便是打败郑国，也根本就不可能占有那里的土地。况且千里迢迢，兴师动众地去攻打郑国，怎么能遮人耳目？如果郑国知道了消息，肯定就会做好准备，我们岂不是劳而无功吗？再说，我们本来就是帮人家驻守城池，如今却要借机攻打，这是不守信啊；趁人家服丧的时候去攻打，这是不讲仁义啊；退一步讲，即便是这次攻打能够成功，也只是收获一点点的小利益，如果不成功的话，坏处可就太大了，这是不明智的做法。这种不信不仁不智的事情，还是不要做的好。”

秦穆公听了这些话，恼怒着说：“我多次帮助晋国，还帮晋国平定了内乱，威名显赫天下。只因为城濮大战，才把霸主地位让给晋国。如今晋文公已经死了，还有谁能和我们秦国抗衡？我们趁这个机会把郑国灭掉，用郑国来和晋国交换河东的土地，怎么会没有好处呢？”蹇叔说：“大王可以派人到晋国吊唁，顺便去郑国看看，再决定是否攻打郑国。”秦穆公说：“等到吊唁完了再出兵，这一去一回就将近一年的时间。用兵的关键在于迅雷不及掩耳的速度，你们都年老体衰了，哪里还知道这些？”于是，秦穆公不听劝告，任命孟明视（字孟明）为将军，西乞术、白乙丙为副将，挑选了精兵三千人，车辆三百多乘，就准备出征了。

孟明视是百里奚的儿子，白乙丙是蹇叔的儿子。到了出兵征战的那天，蹇叔和百里溪哭着为儿子送行，两人边哭边说：“真是悲哀啊，我们能看着你们出征，但却看不到你们回来啊！”秦穆公听了这话，大怒，派人责备他们说：“你们这样痛哭，还说这种话，想要动摇军心吗？”蹇叔、百里奚回答说：“我们不是为秦军哭，我们是在为自己的儿子哭。”

白乙丙见父亲这么哀痛，就想不去参战。蹇叔说："既然我们父子都接受秦国的俸禄，为国家而死也是应该的。"说着，掏出一封信，交给白乙丙，并嘱咐他说："要按照我信上所说的去做。"白乙丙拜别父亲，心里又是惶惑，又是凄楚。而孟明视自认为勇猛无比，此行一定会成功，所以满不在乎。

秦军出征之后，蹇叔就推托生病不再上朝，后来就请求告老还乡，秦穆公挽留不住就只好答应。百里奚去拜访蹇叔，说："我能理解你告老还乡的原因，我之所以还留下来，是希望我的儿子能够活着回来。你还有什么话要对我说吗？"蹇叔说："秦军这次出兵肯定会失败。你告诉公孙枝，让他在河边准备一些船只，万一有人逃回来，可以接应一下。"

再说孟明视看见蹇叔给了白乙丙一封信，就以为里面有什么好计策，晚上安营扎寨后就催着白乙丙打开信看看，只见上面有两行字："这次出征不必担心郑国，需要提防的是晋国。崤山地势险峻，你们一定要小心，否则，我就要到那里替你们收尸了。"孟明视看了之后，捂着眼睛起身就走，还边走边说："真是晦气啊！"

却说郑国有个人名叫弦高，以贩卖牛为生。弦高虽然是个商人，但是却有一颗忠君爱国的心，也有些治国的雄才大略，但是因为没人举荐，只能屈身于市井。这天他正赶着数百头肥牛，准备贩卖到洛阳，半路上遇到了一个熟人。这个人是刚从秦国来的，弦高从他那里听说秦国出兵准备攻打郑国，大吃一惊，说："国家有难，我不知道便罢了。既然知道了如果不去救，万一真的国破家亡，我还有什么面目回家乡？"说完，便一边派人连夜到郑国报告，一边选了二十多头肥牛作为犒劳将士的礼物，坐上车子去迎秦军。

走到滑国的延津，弦高正好遇到秦兵。弦高上前拦住秦兵说："郑国的使臣在此,我要拜见你们的将军。”孟明视一听郑国的使臣来拜见,吃了一惊,心里暗想:“郑国是怎么知道我们来了呢,还派使臣来迎?先看看郑国是什么意思吧。”于是,就让人把弦高带过来。

弦高假说是奉了郑王的命令,说:“我们大王听说将军率兵来到我国,特地派我来犒劳各位将士。郑国处在大国中间,不断有人来侵犯,所以我们谨小慎微、日夜戒备。如果有什么做得不好的地方得罪了贵国,还请将军见谅。”孟明视说:“既然是郑王派你来犒劳士兵,怎么没有国书啊?”弦高说:“将军十二月刚一出兵,我们大王就知道了。听说将军走得快,大王担心修国书会耽误了迎接将军,所以就口传命令给我。我今天来向您请罪,真的没有别的意思。”孟明视附在弦高耳边说:“我们这次来是为了滑国,怎么敢到郑国去呢?”于是就下令驻扎在延津,弦高也就退了出去。

白乙丙问:“将军队驻扎在延津是什么意思呢?”孟明视说:“我们率领军队千里迢迢地赶来,就是为了出其不意攻打郑国。如今郑国知道了我们的计划,已经做好了防备。如果去攻打,肯定会很难;如果去围困,我们的兵力又不足。不如趁着滑国没有防备,去攻打滑国,虏获些东西,也不算是师出无名,回去也好向秦穆公复命。”

当天夜里,秦军兵分三路,合力攻破滑国,秦军虏获了大量财物,整顿好军队,返回秦国。郑王因为弦高救国有功,将他封为军尉。

晋襄公此时正在守丧,听说秦军越过晋国边境去攻打郑国,中途却灭掉了滑国,如今正在返回的途中。先轸说:“秦穆公不听从蹇叔、百里奚的劝告,千里迢迢地来攻打郑国。我们应该趁这个机会去追击秦军。”栾枝说:“秦国对晋国有恩,没有报恩却去攻打秦兵,这样不好吧?”先轸说:“现在先君去世,其他的同盟国都来吊唁，只有秦国，不但没有一丝哀悯，反而趁机越过我国边境去攻打郑国，真是太无礼了。况且之前两国有约定，如果作战的话，就要共同出兵。如今秦国单独去攻打郑国，已经背弃了盟约。秦国失信在先，我们还和他讲什么道德？趁着我们守丧的时候攻打郑国，就是欺负我们不能在这个时候庇护郑国。如果我们不给秦国点颜色看看，还怎么树立晋国的威信？”于是，晋襄公派出军队在崤山拦截秦军。

孟明视率领着秦军，带着缴获的战利品连夜赶路返回秦国。到了崤山，白乙丙说：“我父亲之前告诫过我，崤山山势险要，一定要小心行事才行！”孟明视满不在乎地说：“我们千里迢迢地赶路，走了这么长时间了也没什么事情。况且过了崤山就是秦国边境了，还有什么可担心的？”说着便带军进入了崤山。

秦军在崤山走了半天，也没有看见晋兵的影子，就以为很安全了。再加上带着从滑国缴获的东西，士兵们都累得够呛，于是孟明视就下令士兵解下缰绳，卸下盔甲，以便于行走。快走到绝命岩时，前面的士兵来报，说是前面的道路被乱石堵住。孟明视心里开始有些疑惑，立刻派人前去查看。果然在前面的路上有一堆乱石和树木，树中间插着一面大旗，上面写着大大的“晋”字。孟明视说：“这肯定是晋国的诡计，想要用这个来迷惑我们。已经走到这里了，即便是有埋伏也要继续走下去。”于是，让人搬开乱石树木，放倒旗子，继续前进。刚走出没几步，就听见山中擂鼓震天，杀声一片，远远望去，有不计其数的晋兵从四面涌了出来。

秦国大军被晋军围困在山谷中，进退两难，那些杂乱的树木中间又有硫黄等易燃的东西，晋军点燃后，整个山谷都烟熏火燎。秦军被杀得片甲不留，孟明视、白乙丙等人也都被俘虏。秦穆公听说后，惊得是目瞪口呆，痛悔不已。

弄玉吹箫双跨凤

秦穆公有个女儿，刚出生的时候有人进献了一块璞玉，秦穆公命人将这块璞玉雕刻成美玉。等到女儿周岁的时候抓周，在众多的物件中，女儿单单挑中了这块美玉，而且玩弄起来不撒手。于是，秦穆公就给女儿取名弄玉。

弄玉渐渐长大了，长得十分漂亮，又聪明无比。秦穆公十分钟爱弄玉，就为她盖了一座高楼，让她居住，称为“凤楼”，楼前的高台称为“凤台”。弄玉善于吹笙，而且是无师自通，自成音调。于是秦穆公就命人将美玉做成笙，弄玉吹起来，声音就好像是凤鸣一样，十分好听。

不知不觉，弄玉已经十五岁了，秦穆公就想为她挑选一位佳婿。弄玉立下誓言说：“我一定要找一个善于吹笙，能和我相唱和的人做我的夫君，其他的都不行。”

一天，弄玉闲来无事，在楼上卷起窗帘，看见天空明净，明月高悬，于是就叫人点上一炷香，自己拿出碧玉笙，独自对着窗子吹了起来，声音清越，响入天际，微风拂过，似乎有乐声相和，声音时近时远。弄玉心里很是诧异，就停止吹笙，静静地聆听，那相和的乐声也戛然而止，只有余音袅袅传来。弄玉怅然若失，一直徘徊到半夜，到了月亮西斜，炉香燃尽，才把碧玉笙放在床头，勉强入睡。

睡梦中，弄玉恍惚中看见西南方向，天门大开，五色霞光将天空照得像是白天一样亮。只见一个头带羽冠、身穿鹤氅的英俊少年骑着彩凤从天而降，站在凤台上，对弄玉说：“我是太华山的主人。天帝派我来和你结为婚姻，中秋节那天我们会相见，这是前世定下的姻缘。”说完，就解下挂在腰间的赤玉箫，倚着栏杆吹起来。那只彩凤随着箫声舒展羽翼，一边舞蹈，一边鸣叫，凤声与箫声合二为一，音调华美，充盈耳际。弄玉听得如痴如醉，不禁问道：“这是什么曲子啊？”那位英俊少年说：“这是《华山吟》第一弄。”弄玉又问：“我可以学吗？”少年说：“既然已经结为婚姻，有什么不能教的？”说着，就要上前来抓弄玉的手。弄玉猛地惊醒，但梦中的场景却依然历历在目。

第二天，弄玉就把所做的梦告诉了秦穆公，秦穆公让孟明视按照弄玉梦中英俊少年的形象，到太华山去寻访。到了太华山，有人告诉孟明视说：“山上有个明星岩，岩上有一个奇怪的人，自从七月十五来了之后，独自住在那里，每天下山买酒喝，到了晚上就要吹奏一曲，箫声震彻四方，听过的人都会念念不忘，但是不知道是哪里人。”孟明视到了太华山，登上明星岩，果然看见有个羽冠鹤氅、相貌英俊、超凡脱俗的人，孟明视于是上前作揖，询问姓名。那人说：“我姓萧名史。你是什么人？来这里做什么？”于是，孟明视就把自己的来由告诉他，并希望他能跟自己回去。萧史说:“我只是略懂音律,没有什么别的才能,实在是不敢入朝相见。”孟明视说:“你和我一块回去见到大王,他自己会判断的。”便把萧史带了回来。

秦穆公坐在凤台上,孟明视引着萧史拜见秦穆公。萧史行过礼后说:“我只不过是山野村夫,不知道礼法,还希望大王能够见谅。”秦穆公见萧史英俊潇洒,言谈举止又规规矩矩,心里十分高兴,就让萧史坐在自己身旁,问他:“我听说你的箫吹得很好,不知道会不会吹笙呢?”萧史回答说:“我只会吹箫,不会吹笙。”秦穆公说:“本来是想找一个会吹笙的人,而箫和笙又不是一类乐器,看来不是我女儿要找的人。”说着,就准备让孟明视把他带出去。

弄玉听说了,急忙派人告诉秦穆公:“笙、箫是同一类乐器,既然他善于吹箫,不妨让他演奏一曲,怎么能让他就这样离开了呢?”秦穆公觉得有道理,于是就让萧史吹奏一曲。萧史拿出赤玉箫,只见那支箫玉色圆润、红光耀眼,乃是一件稀世珍宝。萧史刚刚演奏了一曲,就有清风习习而来;演奏第二曲时,天空中的彩云飘到一起;等演奏第三曲时,只见白鹤成双成对地飞舞在空中,孔雀也都在树林间栖集,百鸟和鸣,久久不散。秦穆公十分高兴。弄玉隔着帘子偷偷观看,见到这奇异的景象,高兴地说:“这就是我的夫君。”

萧史演奏完之后,秦穆公问:“你的箫声怎么能招来百鸟呢?”萧史说:“箫的声音就像是凤鸣,而凤凰又是百鸟之首,所以能够招来百鸟。”秦穆公见萧史对答如流,声音洪亮,就高兴地说:“我有个女儿名叫弄玉,精通音律,想要找一个也精通音律的人做夫君,如今我把她许配给你,你意下如何?”萧史推辞说:“我只是个山野之人,怎么配享受王侯的富贵呢?”秦穆公说:“小女之前立下誓言,要找一个善于吹笙的人为夫,你虽然吹的是箫,但是箫声通彻天地、感通万物,比笙更胜一筹。况且,小女曾经有梦里的征兆暗示,今天又恰巧是八月十五，这一切都是上天注定好的，你就不要推辞了。”于是，萧史拜谢接受。

秦穆公命令太史选择良辰吉日，为弄玉举行大婚。太史回报说：“今天是八月十五，月圆于上，人圆于下，是个良辰吉日。”于是，秦穆公立刻安排人去准备，并让萧史沐浴更衣，到凤楼和弄玉完婚。婚后二人生活甜美，自不必多言。

秦穆公封萧史为中大夫，但萧史并不参与国政，每天住在凤楼里，也不吃饭，只是偶尔喝上几杯酒。弄玉也跟着萧史学习导气之法，渐渐地也断绝了饮食。闲暇时，萧史教弄玉演奏《来凤》这支曲子。

过了大约半年，忽然有一天，夫妻两个正在月下吹箫，突然飞来一只紫凤落在了凤台左边，一只赤龙盘旋于凤台右边。萧史说：“我本来是天上仙人，天帝见人间的史籍散乱，所以派我来整理。在周宣王十七年五月五日，我出生在萧家，叫萧三郎。到了宣王末年，史官失职，我就把史事本末连缀起来，将史籍中遗漏的部分补充完整。周人认为我有功，所以称我为萧史，到如今已经一百七十多年了。天帝任命我为太华山之主，因为和你有前世的姻缘，所以以箫声应和。但是，我们不能久住在人间，现在，赤龙、紫凤前来接应我们，到了该走的时候了。”弄玉想要去和父亲告别，萧史阻止他说：“既然是神仙，就应该洒脱一些，没有顾虑，怎么能眷恋人间的父女情？”于是，萧史乘着赤龙，弄玉乘着紫凤，双双从凤台飞走了。现在，人们常称佳婿为“乘龙”，就是来源于此。

第二天，宫人们向秦穆公报告，秦穆公一脸惘然，叹息着说：“果然有神仙的事情啊！如果此时有龙凤来接我，我也一定抛下江山社稷，就像扔掉一只破旧的鞋子一样。”之后，秦穆公派人到太华山去寻找，最终也没有找到什么。

于是，秦穆公就派人就在明星岩上建立祠庙，每年都去供奉酒果，直到今天，这祠庙还被称为萧女祠，祠中还经常能听到凤鸣的声音。

世界经典文学名著大全

·青少年彩绘版·

东门遂援立子倭

鲁文公在位的时候，先是娶了齐昭公的女儿姜氏为夫人，生了两个儿子，一个叫恶，一个叫视。鲁文公有个姬妾敬嬴也生了两个儿子，一个叫倭，一个叫叔肸。鲁文公的这四个儿子中，公子倭的年纪最大，但是公子恶是嫡夫人所生，鲁国的规定是立子以嫡，所以，鲁文公将公子恶立为世子。

仲遂在鲁文公时期执掌国政，因为他住在东门，所以人们都称仲遂为东门氏。敬嬴虽然深受鲁文公的宠爱，但是对自己的儿子不能成为世子耿耿于怀，于是，她暗中用重礼结交仲遂，希望仲遂能帮助公子倭成为世子，并答应仲遂如果公子倭日后成为君王，一定让仲遂共同执政。仲遂又拉拢了叔孙得臣站在公子倭这边。

鲁文公十八年，文公去世，公子恶即位，各国都派人来吊唁，齐惠公也派人前来吊唁。仲遂对叔孙得臣说："齐鲁两国世代交好，到了齐孝公时期才因为一些小事结怨，如今齐惠公派人前来吊唁，就是想要修复两国间的友好关系。我们可以趁这个机会结交齐国，帮助公子倭成为君王。"于是，两人一块去了齐国拜见齐惠公。

到了齐国，齐惠公大摆筵席款待仲遂和叔孙得臣。席间，齐惠公问："为什么贵国国君的名字叫恶？这世间有这么多好听的字，为什么偏偏用这个不好听的字呢？"仲遂说："当初我们先王让人占卜，说'这个儿子会因凶恶而死，不能继承王位'，所以先王为他取名恶，想要以此来压制命运。但是先王并不十分喜爱公子恶，他最钟爱的是长子公子倭。公子倭为人贤孝，对人友爱，百姓们都想公子倭成为君王，但他不是嫡子，所以没能继承王位。"齐惠公说："自古就有'立子以长'的传统，更何况鲁文公这么疼爱他。"叔孙得臣说："鲁国向来是立子以嫡，没有嫡子的时候才立长子。先王遵循传统，立公子恶为世子，百姓们实际上都不愿顺从。如果您能帮助鲁国改立君王，我们愿意和贵国结为婚姻，每年都向您进献贺礼。"齐惠公听了，高兴地说："既然您都这么说了，我怎么能拒绝呢？"于是，仲遂、叔孙得臣和齐国歃血为盟。

回到鲁国后，仲遂对季孙行父说："如今齐国势力越来越强大，齐惠公准备和鲁国修复友好关系，想要把齐国宗室的女子嫁给公子倭，这个结交齐国的好机会可不能错失啊。"季孙行父说："既然齐国有意和鲁国结交，为什么不把女子嫁给君王，反倒嫁给公子倭呢？"仲遂说："齐国听说公子倭为人贤孝，所以才把女孩嫁给他，这难道不行吗？"季孙行父没说什么就回来了。回到家后，季孙行父叹气着说:“看来东门氏是别有意图了。”

仲遂和敬赢暗中定下计谋,在马厩里谋害了公子恶和公子视,并将两个人的尸体放到宫门外面。季孙行父听说公子恶、公子视死了,知道是仲遂害的,但没有证据,没法明说。他私下里对仲遂说:“你做的这些事情实在是太恶毒了,我连听都不敢听。”仲遂说:“这些都是嬴氏夫人做的,和我没关系。”季孙行父趴在公子恶尸体上痛哭不已,仲遂说:“这个时候臣子应该谋划大事,怎么能哭哭啼啼的?”众大臣们唯唯诺诺,也都不敢说什么话,一切都听从仲遂的安排。于是就将公子倭立为鲁君,称为鲁宣公。

再说姜氏听说自己的两个儿子都死了,仲遂扶持公子倭成为鲁君,日日夜夜哭啼,让人收拾行李,准备返回齐国,仲遂派人去挽留。姜氏大骂:“你这个逆贼,我们母子有什么地方亏待你了,你做出这样恶毒的事情。如今还假惺惺地劝阻我,要是上天有知,一定不会宽恕你的。”说完便出了宫门,直奔齐国。路过街市的时候,姜氏大哭,说:“天哪,我的两个儿子有什么罪过,却被逆贼杀害,如今我和百姓们辞别,我永远都不会再到鲁国来了。”百姓们听了,都痛哭流涕。

鲁宣公的弟弟叔肹,为人忠直,见他的哥哥借着仲遂的力量登基为王,心里不满,就不去朝贺。鲁宣公派人召见他,想要重用他,都被叔肹拒绝了。有个朋友问叔肹为什么拒绝,叔肹回答说:“我并不是讨厌富贵荣华,但是只要见到哥哥,就会想起死去的弟弟公子恶,我于心不忍,所以不想去。”朋友说:“既然你这么不赞同你哥哥的做法,为什么不去别的国家?”叔肹说:“我的哥哥没有和我断绝关系,我又怎么能和他断绝关系呢?”后来,鲁宣公派人给叔肹送去粮食衣服,叔肹也不要。朋友说:“你不接受爵禄,就已经能够表明你的志向了。你家里又没有什么钱财,接受了这些粮食衣服也不会损害你的名声。现在,你什么都不要,是不是太绝情了?”叔肹只是笑了笑,什么也没说。鲁宣公知道后说:

“我这个弟弟贫困,如今又拒绝我给的粮食衣服,不知道他怎么生活呢?”于是就派人去看。原来,叔肹每晚都在灯下编制草鞋,第二天一早去集市上叫卖,用这种方法换取一点粮食。鲁宣公知道了,叹息着说:“难道他是想要学习伯夷、叔齐吗?那我就成全他吧。”

叔肹一直活到鲁宣公末年,他这一生都没有接受鲁宣公的一粒粮食、一件衣服,但他也从没有说过鲁宣公的坏话。

赵宣子桃园强谏

晋灵公在位时荒淫暴虐，大兴土木，不理朝政，百姓们深受其苦。晋灵公十分宠信大夫屠岸贾，屠岸贾这个人善于阿谀奉承，见风使舵，十分讨晋灵公的欢心。

晋灵公命令屠岸贾在绛州城内建起一座花园，在里面种上各种各样的奇花异草。百花之中桃花开得最旺盛，所以就把这座花园取名为桃园。又在桃园里建了一座三层的高台，台上建起一座绛霄楼，雕栏画栋，朱栏围绕，站在楼上能够把街市看得清清楚楚。晋灵公常常登上高楼，和屠岸贾饮酒作乐。

一天,晋灵公让人在高台上表演节目,百姓们在园外驻足观看。晋灵公看了看园外的百姓,就对屠岸贾说:“不如我们玩弹人的游戏吧。射中眼睛的算胜,射中肩膀的不胜也不输,什么都射不中的就要罚酒。”晋灵公和屠岸贾在高台上对着人群开始弹射,只见人群中有的人被弹去了半只耳朵,有的人被射中肩膀,百姓们四散逃走,又是嚷又是挤,乱作一团。晋灵公见人群就要散去,就下令身边凡是会弹射的一齐弹射。弹丸飞出去就像是雨点一样,百姓们躲避不及,有破头的,有伤额的,到处一片哭喊的声音,耳不忍闻,目不忍见。晋灵公看见这种情形,反而哈哈大笑,对屠岸贾说:“我自从登上这座高台,从来没有像今天这样玩得尽兴。”从此,每次百姓们见高台上有人,就远远地躲开,不敢再在桃园附近走过。

有人给晋灵公进献了一只凶猛的大狗,名字叫灵獒,身高三尺,浑身的皮毛就像是红碳,能听懂人的话语。晋灵公专门派人喂养这只灵獒。身边有人经过的时候,晋灵公就让灵獒上去撕咬,每次灵獒都扑上去,不咬死不罢休。上朝的时候,晋灵公就把灵獒带在身边,大臣们见了都心惊胆战。

晋灵公的凶残暴虐,让百姓们怨声载道。大臣赵盾(谥号宣,又称赵宣子)多次劝谏,晋灵公都充耳不闻,反而怀疑赵盾的忠心。

一天,退朝后,诸大夫们都下去,只有赵盾和士会还在商议国事。忽然看见两个侍卫抬着一个竹笼走来。赵盾问:“宫里面怎么会有竹笼呢?里面是什么东西?”侍卫说:“你是相国,要是想知道里面是什么东西就自己过来看,我们不敢说。”于是,赵盾就和士会一块过去看。只见一只人手露在竹笼外面,仔细一看,原来竹笼里面是个死人。赵盾大吃一惊,询问了半天,侍卫才说:“这是个厨师。大王急着想要煮熊掌下酒,催促了半天,厨师只能仓促献上。但是,大王嫌熊掌不熟,就把厨师杀了,命令我们把尸体扔到郊外。”赵盾对士会说:“如今,大王视人命如草菅，国家危亡只在旦夕，我和你一块去劝谏大王吧。”士会说：“如果我们劝谏，大王不听，之后恐怕就没有人敢再劝谏。不如我先去，如果大王不听，你再去。”于是，士会就去面见晋灵公。晋灵公知道士会是来劝谏的，就迎上来说：“大夫不用多说，我已经知道自己错了，今后一定改正。”士会说：“人都会犯错，大王知错能改，是江山社稷的福分。”说完就退了出来，告诉了赵盾。赵盾说：“如果大王真的能改，那他就应该立刻改正。”

第二天，晋灵公退朝之后又去桃园游玩。赵盾说：“大王的这个举动可不像是真心改过啊，我今天一定要再去劝谏。”于是，赵盾就先走一步，守候在桃园门口，看到晋灵公来到，就上去参拜。晋灵公惊讶地说：“我没有召见你啊，你怎么会在这里？”赵盾说：“我有话要说，希望大王能够采纳。我听说‘有道的君王能够与民同乐，无道的君王只顾自己享受’。如今，大王放弹打人，放纵灵獒咬人，又因为小事杀掉厨师，这些都是有道的君王不会做的事情。滥杀无辜，百姓们已经怨声载道，各诸侯也都有了外心。桀、纣灭亡的灾难即将降临到大王的身上了。如果我今天不说，以后恐怕就没人敢说。我不愿看到晋国处在这种危亡的关头，所以今天说出来，希望大王能够回去，痛改前非，不要再整日游乐，滥杀无辜了。为了晋国的安危，我即便死了也心甘情愿。”

晋灵公听了赵盾的话，感到十分惭愧，就遮着脸说：“你先退下吧。我就玩今天这一次了，以后我就听你的话，绝对不再游玩。”赵盾挡在桃园门口，不让晋灵公进去。屠岸贾说：“相国劝谏是好意，但是大王既然已经来了，如果就这样回去了，别人会笑话的。如果相国还有什么政事，就在明天早朝的时候商议，怎么样啊？”晋灵公也在旁边说：“明天早朝我一定召见你。”赵盾不得已，只能闪开身子，将晋灵公放了进去。他瞪着屠岸贾说：“亡国败家的人就在这儿啊。”

屠岸贾陪着晋灵公在桃园里游戏，正高兴着，忽然屠岸贾叹息着说：“这种乐趣以后就没有了。”晋灵公问:“大夫怎么会有这种感慨呢?”屠岸贾说:“赵相国明天一定会来劝阻您的。”晋灵公愤愤地说:“自古都是臣子听命于君王,还没听说君王要受制于臣子的呢。这个人的存在,对我十分不利,有什么办法可以除掉他呢?”屠岸贾说:“我有个门客叫鉏麑,如果派他去刺杀赵相国,大王就可以随意游乐了。”晋灵公说:“这件事要是成功了,你的功劳不小啊。”

当天晚上,屠岸贾就把鉏麑叫来,说:“赵盾专权欺主,晋灵公派你去刺杀他,你一定要在他来上朝的时候把他杀了。”于是鉏麑带着匕首到了赵府的门口。到了快上朝的时候,鉏麑进入赵府,看见赵盾穿着朝服端坐在堂上。原来,赵盾因急着上朝,老早就收拾停当,坐在堂上等着上朝的时辰。鉏麑见了,吃了一惊,他退出来,叹息着说:“这样的官才是真心为百姓着想的好官啊。杀了他,我就是不忠,但是如果不完成命令,我又是不信,不忠不信,我还有什么脸面活在世上。”于是,鉏麑在赵府门前大声喊:“我是鉏麑,宁愿违反命令也不愿杀掉忠臣。今天我在这里自杀,日后恐怕还会有人来刺杀赵相国,一定要小心防备啊。”说完,就撞在赵府门前的槐树上自杀而死。

守门的人赶紧把事情报告给赵盾,赵盾的手下提弥明劝赵盾不要入朝,但是赵盾仍坚持去上朝,并吩咐家人把鉏麑埋在槐树下。

晋灵公见赵盾没死,就向屠岸贾询问对策。屠岸贾说:“改天大王您召见赵盾,留他在宫中饮酒,让士兵做好埋伏。席间,您假装要看赵盾佩戴的宝剑,赵盾一定会奉上。到时,我就在旁边大声喊‘赵盾在大王面前拔剑,图谋不轨,快来救驾’,让事先埋伏好的士兵出来把赵盾杀掉。这样,大王就可以名正言顺地把赵盾除掉。”晋灵公说:“真是条好计策!我们就依计行事吧。”

第二天上朝的时候,晋灵公对赵盾说:“幸亏你直言劝谏,我才能和群臣亲近，我已经在宫中摆下了酒席来款待你。”于是，就让屠岸贾带着赵盾去宫中。提弥明跟在赵盾后面，想要一块进去，屠岸贾制止他说：“大王宴请赵相国，其他人不能进入。”提弥明就站在门口等候。

酒过三巡，晋灵公对赵盾说：“我听说你佩戴的宝剑锋利无比，是一把好剑，解下来让我看看吧。”赵盾不知道这是晋灵公设的圈套，就想把剑解下来呈上去。提弥明在门口看见了，大声喊：“臣子侍奉君王酒宴，要注重礼节，怎么能酒后在君王面前拔剑呢？”赵盾恍然大悟，立刻站了起来。提弥明走进去，把赵盾扶了出来。屠岸贾让人把灵獒放出来，让它去咬赵盾。赵盾见状，立刻快步跑起来，灵獒一直把赵盾追赶到宫门口。幸亏提弥明力大无穷，双手掐住灵獒的脖子，使劲把它掐死了。晋灵公大怒，下令让事先埋伏好的士兵出来去杀赵盾。提弥明保护着赵盾，但终因寡不敌众，力尽而死。

正在危难之际，只见一个人跳出来，背起赵盾逃出了宫门。这人名叫灵辄，曾经在卫国游学三年，返家的途中因饥饿昏倒在桑树下。正巧当时赵盾打猎回来，在桑树下休息，看到昏死过去的灵辄，就把自己的粮食给了他。后来，灵辄应招成为公徒，恰好就在这事先埋伏好的士兵当中，他感念赵盾当初的恩情，所以跳出来救了赵盾。

赵盾的侄子赵穿正巧在打猎回来的路上遇到逃出来的赵盾。他就把赵盾安置好了，自己带着人把晋灵公杀死在桃园内，扶持晋灵公的叔叔黑臀即位，黑臀就是晋成公。晋成公没有追究赵盾的责任，又重新把国家政事交给赵盾处理，并把自己的女儿庄姬嫁给赵盾的儿子赵朔。

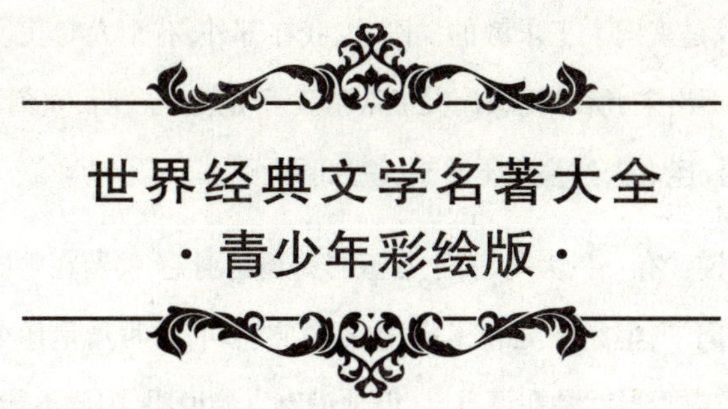

楚庄王一鸣惊人

楚庄王即位已经三年了,他每天忙着出游打猎,在后宫饮酒作乐,不理朝政,也不听从劝告。他在宫门口挂出一道命令:“凡是胆敢劝谏者,一律处死!”所以,大臣们都不敢进宫劝谏。

大夫申无畏见楚庄王这样,十分担忧,就决定冒死进宫劝谏。申无畏入宫见了楚庄王,看到楚庄王又在和后宫嫔妃饮酒作乐,心中有些不满,就站在一边不说话。楚庄王知道申无畏是来劝谏的,见他一直没说话,就冷冷地问:“你进宫来是要喝酒赏乐呢,还是有什么其他事情?”申无畏说:“大王,我不是来喝酒赏乐的,我是来向大王求教的。刚才,我在郊外,有个人对我说了一条隐语,我实在是解不出来,所以就想让大王帮帮我。”楚庄王一听,立刻饶有兴趣地问:“是什么隐语,连大夫你都猜不出来,说来听听吧。”

申无畏说:“有一只大鸟,身上有五彩斑斓的羽毛,停留在楚国的高山上,已经有三年时间了,但是不见它飞翔,也不见它鸣叫,这种鸟是什么鸟呢?”楚庄王一听,知道申无畏就是在说自己,但他没有直接说明,因此不能治他的罪。于是,楚庄王就笑着说:“我知道,这种鸟不是一般的鸟。它三年都不飞,一旦飞起来就能直冲云霄;三年都不鸣叫,一旦鸣叫就会惊天动地。你就等着吧。”于是,申无畏就退了出来。

过了几天,楚庄王依然是老样子,大夫苏从于是也来求见楚庄王。刚一进宫,苏从就放声大哭。楚庄王问:“你有什么事情这么伤心啊?”苏从说:“我之所以哭,是因为我知道自己就要死了,而且楚国也要灭亡了。”楚庄王一听这话,心里很不高兴,就说:“你为什么快死了?楚国又怎么会快灭亡了?”苏从说:“我要劝谏大王,大王一定会治我死罪。我要是死了,楚国就没有人敢劝大王。这样的话,大王就会更加放纵自己,长此以往,楚国不就会灭亡了吗?”楚庄王听了,大怒说:“我早就下过命令,胆敢劝谏的人一律处死。你明知道进宫劝谏是死罪,还来进宫,这不是太傻了吗?”苏从说:“要是说我愚蠢,那大王的愚蠢比我更厉害了。”

楚庄王更加生气了,他大声说:“你说说,我是怎么愚蠢了?”苏从说:“大王有万乘车马,国力强盛,还有源源不断的税收和贡品,各诸侯都畏惧。但是您却沉溺于酒色之中,不理朝政,不招纳贤才,这样下去,大的国家就会来攻打楚国,小的国家就会背叛您。您只顾眼前的快乐,却没有看到不远之后的祸患。这不是很愚蠢吗?而相对来说,我的愚蠢只不过是招来杀身之祸,但是却能留下忠臣的美名；大王您的愚蠢会使整个国家败亡，到时候，您的一世英名被毁，想做个普通百姓恐怕都很难了。我的话就说这些了，请允许我用您的宝剑自杀，好使大王有令必行！”楚庄王听了苏从的这番话，幡然悔悟，说：“大夫的一席话，真是让我茅塞顿开，是我错了，从此之后我都听你的。”

于是，楚庄王不再整日饮酒作乐，他立樊姬为夫人，让她掌管后宫。楚庄王对人说：“之前我整日出游打猎，樊姬劝我不要因此而耽误朝政，我不听，她便不再吃鸟兽的肉。她真是我的贤内助啊，所以我让她来掌管后宫。”

楚庄王又四处招揽贤才，治理朝政。不久又派兵攻打宋国，援救郑国。周定王十年，楚庄王在邲之战中大败晋军，从此称霸中原。

孟侏儒托优悟主

孙叔敖是楚国令尹，他辅佐楚庄王施教导民，宽刑缓政，发展经济，逐渐使楚国的实力增强，建立了显赫的政绩。

周定王十二年春，孙叔敖病危，临终之前嘱咐他的儿子孙安说："我写了一篇奏章，我死之后，你把它交给楚王。楚王如果给你封官加爵，你千万不能接受。你才能平庸，资质有限，就不要在官场上滥竽充数了。如果楚王封给你食邑，你也要极力推辞，实在推辞不过，就请求封给你寝邱，那个地方土地贫瘠，没有人会去争抢，可以让孙氏子孙世代传袭。"说完这些话，孙叔敖就去世了。

孙安把父亲生前所写的奏章交给楚庄王，奏章中孙叔敖向楚庄王推荐从子薳凭，并建议庄王要以民生为本，不要再连年征战。楚庄王看了，悲叹着说：“孙叔敖临死都不忘记江山社稷，是我没有福分，上天夺走了我的贤臣良相啊！”于是，楚庄王立刻前往孙叔敖的府邸，趴在孙叔敖的棺材上痛哭不已，随从的人也都痛哭流涕。第二天，按照孙叔敖生前的遗愿，楚庄王封公子婴齐为令尹，召薳凭为箴尹。楚庄王想要任命孙安为工正，被孙安推辞了。从此之后，孙安就回到乡下，以耕田为生。

楚国有一个宫廷艺人，名字叫孟，深受楚庄王喜爱，人们都称他为优孟。优孟身高不足五尺，平常喜欢用一些滑稽的表演、幽默的言辞来让身边的人高兴。一天，优孟去乡下游玩，看见孙安正背着一担柴回家。于是，优孟便迎上去说：“公子怎么这样辛苦呢？”孙安说：“我的父亲担任楚相这么多年，一向以廉洁自守，所以死后没有给家里留下什么钱财，我哪能不辛苦劳作呢？”优孟叹息着说：“公子暂且先忍耐一下，大王就要召见你了。”优孟回到家里之后，就缝制了一套孙叔敖的衣服和帽子穿戴起来，并模仿孙叔敖生前的行为举止、音容笑貌。练习了三天，就模仿得十分相像，就好像是孙叔敖再生。

一天，楚庄王在宫里举行酒宴，召集宫廷艺人们前来表演助兴。优孟先让别人扮演楚庄王，演绎思念孙叔敖的样子，自己则穿戴着孙叔敖的衣冠出场。楚庄王一见，大吃一惊，说：“孙叔敖别来无恙吧，我日夜思念你，你来做我的国相辅佐我吧。”优孟说：“我并不是真的孙叔敖，我只是和他相似罢了。”楚庄王说：“我日夜思念孙叔敖，却永远不能和他相见。即便只是和他相似，也可以解我的思念之苦。你就不要推辞了，立刻就去接任相位吧。”优孟说：“大王如果能重用我，我十分高兴。但是我家里还有妻子，很通情达理，我想先和她商量一下。”

优孟下场后不久就回来了,他对楚庄王说:"刚才和妻子商量了一下,他劝我不要做国相。"于是就唱道:

"贪官不可以做但又可以做,清官可以做但又不可以做。之所说不可以做贪官,是因为贪官品行低劣受人唾骂;之所以可以做贪官,因为子孙后代可以享尽荣华富贵。之所以说可以做清官,是因为清官的品格高洁;之所以说不可以做清官,因为子孙后代缺衣少食。你没看见那楚相孙叔敖,生前廉洁奉公,不取百姓毫厘,死后却落得个家世衰落,子孙流落乡野,乞讨为生。所以,我劝你还是不要去做国相,大王是不会记得你的功劳的!"

楚庄王看见优孟的一举一动酷似孙叔敖,心里已经十分悲伤,再听见优孟所演唱的,更加潸然泪下,伤心地说:"我不敢忘记孙叔敖的功劳!"于是,立刻把孙安召进宫。只见孙安衣衫褴褛,一副困顿不堪的样子。楚庄王问:"你怎么贫困到这种地步了?"优孟在旁边回答说:"不贫困至此,又怎么看得出孙叔敖生前的贤明廉洁?"楚庄王想要封官给孙安,孙安推辞不受。于是,楚庄王说:"既然你不愿意做官,那我就封给你食邑吧。"孙安还是不肯接受。实在推脱不过,孙安说:"既然大王想要给我衣食之所,那就把寝邱赏赐给我吧。"楚庄王说:"寝邱地处偏僻,而且土地贫瘠,你怎么想要去那里?"孙安回答说:"这是我父亲生前交代过的,我不能违抗父命。"于是,楚庄王就把寝邱封给了孙安。

后来,因为寝邱不是好地方,所以没有人去争夺,也因此,孙氏子孙能够在那里生活得相安无事,这也是孙叔敖的先见之明啊!

华元登床劫子反

晋国想要攻打郑国，但因为楚、郑两国之间有盟约，晋国担心一旦攻打郑国，楚国会出兵救援，所以一直都不敢去。得知楚国国相孙叔敖去世的消息后，晋国猜想楚国此时正沉浸在哀痛中，不会立即出兵，于是就准备去攻打郑国。

郑襄公知道后，十分害怕，就向楚国求救。楚庄王召集大臣们商量对策。公子侧站出来说："晋、宋两国关系甚好，如果我们出兵攻打宋国，晋国就会去救助宋国，到时候就没空理会郑国了。"楚庄王说："你的这条计策好是好，但是我们不能无缘无故地去攻打宋国吧？"公子婴齐说："这个不难，齐君多次派人来访问楚国,我们一直没有回访,现在就可以派人去齐国拜访,途经宋国的时候,让使者不带借道文书。如果宋国不计较,就说明他们害怕我们;如果宋国因为这个原因侮辱我们的使者,我们就正好借这个理由去攻打宋国。”楚庄王问:“那派谁去呢?”公子婴齐说:“可以派申无畏去。”

于是楚庄王就命令申无畏出使齐国。申无畏上奏说:“出使齐国,会路过宋国,需要一道借道文书才可以过关。”楚庄王说:“难道你是怕他们把你拦住不放吗?”申无畏说:“之前在盟会上,宋公背会弃约,我曾经把他扑倒在地打了一顿,宋国对我一定恨之入骨。如果这次没有借道文书,他们一定会借机杀了我。”楚庄王说:“你放心,我已经把你的名字改为申舟,他们不会知道你是谁的。”申无畏犹豫着说:“姓名可以改,但面貌改不了啊。”楚庄王不高兴地说:“他们要是杀了你,我就带兵去灭了宋国为你报仇。”申无畏不敢再说什么,就退了出去。

第二天,申无畏带着儿子申犀拜见楚庄王,说:“以死殉国是我的职责所在,只希望您能好好对我的儿子。”楚庄王说:“这是我的事,你就不要操心了。”申无畏领了出使所用的礼物,就拜别楚庄王准备出城。临行前,他对儿子说:“我这一去,一定会死在宋国,到时候你一定要让大王为我报仇。”父子俩含泪分别。

不到一天工夫,申无畏就到了睢阳,守关的士兵得知是楚国使者,就向申无畏索要借道文书。申无畏说:“我只有拜见齐君的文书,没有借道文书。”士兵便把申无畏扣下,并将这件事报告给宋公。

此时,大夫华元执掌宋国国政,他对宋公说:“楚国是我们的仇人,现在派遣使者路过宋国,却没有借道文书,这不是欺负我们吗?一定要杀了楚国使者。”宋公说:“如果杀了楚国使者,楚国一定会出兵攻打我们,到时候该怎么办呢?”华元说:“欺负我们要比攻打我们更加耻辱。况且,楚国既然敢欺负我们,就一定会来攻打我们，同样是攻打，我们先雪了耻辱再说。”于是就让人押解着申无畏入宫。

华元一见，认出来是申无畏，更是怒上加怒，责骂着说：“你曾经打过我们先王，如今改名换姓，想要逃过一死吗？”申无畏知道自己必死无疑，就大骂：“你杀了我，日后楚军一到，你就等着被碎尸万段吧。”华元命人把申无畏杀掉，把带来的拜见齐君的文书礼物在郊外烧掉。跟随申无畏的人偷偷跑回来报告了楚庄王。

楚庄王正在吃午饭，听说申无畏被杀，扔下筷子就站了起来，立刻整顿车马，任命司马公子侧为将军，申叔时为副将，自己亲自率兵攻打宋国，同时任命申犀为执法官，跟随军队出征。

楚军将睢阳围困起来，从四面开始攻城。华元一面让士兵加强巡查，一面派人向晋国求救。晋景公得到消息，准备发兵前去救助宋国。大臣伯宗劝谏说：“当初荀林父率领六百战车在邲城被楚军打败，这是上天在帮助楚国。天意不可违，我们即便是去救助宋国也不一定能够成功。”晋景公说：“晋宋两国有盟约，如果不去救助，恐怕会失去宋国这个盟国。”伯宗说：“楚国和宋国相距两千多里路，粮食运送不方便，一定不会在宋国待很长时间。我们派人去宋国，只说‘晋国已经出兵’，让他们再坚守一段时间。过不了几个月，楚军就会离开了。我们不用去攻打楚国，就能有救助宋国的功劳。”晋景公同意了，就派大夫解扬换上便装，前去宋国报信。宋国得到消息之后，更加坚守城池，只等着晋军来救援。

从秋天九月楚国开始围城，一直到了第二年夏天五月份，两军相拒了九个多月。睢阳城内，粮草已经断绝，很多人都饿死了。华元每天都用忠孝大义来激励部下，百姓们也都十分感动，宁肯易子而食、拣骸骨作为柴火，也不肯屈服。

楚庄王也正在军营中为久攻不下而愁闷，只见士兵来报，说剩下的粮食只够吃七天的。楚庄王听了，说："我真没想到宋国竟然这么难攻下。"于是就亲自登上战车，查看宋城，只见守城的将士们严阵以待，叹了一口气，就立刻召见公子侧商量班师回朝。

申犀听说楚庄王打算班师回朝，就哭着说："我父亲以死来完成您交代的任务，难道您要失信于他，不为他报仇吗？"楚庄王听了，脸上露出惭愧的表情。申叔时当时正站在楚庄王旁边，他献计说："之所以一直攻不下宋国，是因为他们知道我们在这里待不了多长时间。如果让士兵们在城外盖房耕田，表示我们准备在这里常住下来，宋国一定就会害怕了。"于是，楚庄王便派人在城外建起房屋，每个军中留五名士兵攻城，另外五名去耕田，十天一轮换。

华元听说了，就对宋公说："看来楚军是没有打算离开的意思了。晋国的救援迟迟没到，请允许我进入楚营，面见公子侧，把他劫持了，来和楚国议和，说不定可以使宋国得救。"宋公嘱咐他："事关宋国的江山社稷，你一定要小心啊！"于是，华元打探好了公子侧的住处，以及守卫士兵的详细情况，就趁着半夜，扮成传达消息的侍卫，偷偷溜到楚军营中去见公子侧。

刚巧公子侧喝了些酒，正倒在床上睡觉。华元进入营帐后，轻轻地走到床边，用手推了推公子侧。公子侧醒过来，刚要转过身来，就被华元死死按住。公子侧急忙问："你是谁？"华元低声说："我是宋国大夫华元，奉宋公的命令，特地深夜来此和您议和。如果您同意，那宋国和楚国永结同好；要是您不同意，那就先结果了你的性命，然后我再自杀。"说完，掏出一把匕首，在灯下晃了晃。公子侧慌忙说："有事好商量，不要动粗。"华元把匕首收起来，说："我实在是情非得已才这么做,请您不要见怪。”

公子侧问:“如今城内的情形怎么样了?”华元说:“百姓们易子而食,拾骨而爨,已经困顿不堪了。”公子侧吃惊地问:“宋国难道真到了这种程度了吗?你说的都是实情?”华元说:“君子同情别人的困难,小人乘人之危。您是君子,我怎么会对您说谎呢?之所以不投降,是因为百姓们不愿屈服,誓与宋城共生死。如果您能退兵三十里,我们宋国愿意听从楚军的调遣,绝无二心。”公子侧说:“实不相瞒,我们军中的粮食也只够吃七天的了,过了七天,如果还是攻不下睢阳,我们就会班师回朝。楚王派人建房耕田只不过是为了吓唬你们。明天我一定和楚王说说,退兵三十里。到时,你也不要失信啊。”两人商量好了之后,公子侧给了华元一支令箭,让他顺利出了军营。

第二天,公子侧将华元半夜来过的事情告诉了楚庄王。楚庄王说:“既然宋国已经这样了,那我一定要攻下它。”公子侧说:“我把我军只剩下七天粮食的事情也告诉华元了。”楚庄王勃然大怒,说:“你怎么能把实情说出去呢?”公子侧说:“区区一个弱小的宋国都没有欺骗我们,我堂堂楚国又怎么能做出欺骗人的事情?所以我把实情告诉了他。”楚庄王想了想说:“你说得对。”于是,就下令退兵三十里。

申犀见楚庄王已经下令退兵,不敢再去阻拦,只能捶胸大哭。楚庄王派人安慰他说:“你不要悲伤,我一定会成全你的孝心的。”楚宋两国歃血为盟后,楚军就班师回朝了。楚庄王厚葬了申无畏,全朝的文武百官都去给他送葬。葬礼完毕之后,又将申犀封为大夫。

老人结草抗杜回

晋景公听说楚国围困宋国，就准备发兵救援，忽然有人来报，说是潞国有书信寄来。

潞国原本是赤狄族的一支，和黎国相邻。后来，潞国兼并了黎国土地，壮大了赤狄族的势力。潞国国君的夫人是晋景公的姐姐伯姬。后来，潞国国相酆舒把持朝政，酆舒逼迫潞国国君与晋国断绝关系，还把伯姬给害死了。潞国国君对酆舒实在是忍无可忍，就派人给晋国送来书信，希望晋国派兵讨伐酆舒。

晋景公接到书信后，就任命荀林父为将军，魏颗为副将，率领着三百辆战车

前去讨伐酆舒。不久，酆舒战败被杀，晋军长驱直入，进入潞国国都，名义上恢复了黎国土地，实际上是灭掉了潞国，潞国国君见国家已亡，就刎颈自杀了。

秦国一向和酆舒的关系很好，听说酆舒兵败被杀，就派大将杜回前来争夺潞国土地。而此时荀林父已经率领着一部分军队回去复命了，魏颗跟在后面。当魏颗走到半路的时候，正巧遇到前来争地的秦军。

秦军将领杜回是秦国有名的大力士，拳头就像是铜锤，脸就像是铁钵，虬须卷发，身长一丈多。他惯用一柄重达一百二十多斤的开山大斧。杜回曾经在青眉山一天之内赤手空拳地打死了五只老虎。秦桓公听说了，就任命他为车右将军。后来，杜回又带领着三百多人在嵯峨山打败了上万名的贼寇，从此威名大振，被封为大将。

这次杜回受命前来争夺潞国土地，在半路上遇到魏颗，既不排兵布阵，也不整顿车马，一手拿着斧头，领着手下的几百士兵，就直接杀了过来。晋军从来没见过这么勇猛的军队，根本就抵挡不住，不一会儿就败下阵来。魏颗赶紧下令退兵，安营扎寨。后来，魏颗的弟弟魏锜带兵前来帮助魏颗，与杜回交过几次手之后，也败下阵来。

一天晚上，魏颗坐在营帐中闷闷不乐，左思右想，就是想不出打败杜回的计策。一直坐到三更，实在是太困了，就睡了过去。迷迷糊糊中听见有人在耳边说“青草坡”三个字。醒过来之后不明白是什么意思，就把这事对魏锜说了。魏锜说：“离这儿不远的地方有个大坡，名叫青草坡。大概秦军应该在那里被打败。我先带领着一队人马去那里做好埋伏，你引诱敌军过去，我们左右夹攻，就可以取胜。”

第二天，魏锜准备好埋伏，魏颗就去引诱秦军。打了几个回合，魏颗假装败退，杜回在后面紧追不放。一直追到青草坡，忽然一声炮响，魏锜杀了出来，魏颗也调转马头，将杜回围住。杜回抡起他的大斧头横劈竖劈，魏颗等人也始终不能取胜。眼看着到了青草坡的中间，杜回忽然一步一跌，就像是踩在冰层上，根本就站不住脚。

魏颗仔细一看，远远地望见一个老人，穿着布袍草鞋，像个庄稼人，把青草一路打结，攀住杜回的双脚。魏颗、魏锜合力把杜回刺倒在地，活捉了杜回。其他的士兵见主帅已经被捉住，就纷纷逃走了。魏颗问杜回："你不是自称英雄吗？怎么还是被我们捉住了？"杜回说："我双脚好像是被什么东西攀住了，根本就不能动弹，是上天要灭了我，不是我能力不足。"魏颗暗暗称奇。魏颗、魏锜担心杜回力大无穷，半路上会有什么变故，于是就把杜回杀了。

当天晚上，魏颗才睡得安稳些。睡梦中，魏颗又看见了白天见过的那位老人，只见他上前来作揖说："将军知道杜回是怎么被擒住的吗？是我结草把他绊住，所以他才被捉的。"魏颗大吃一惊，说："我们素不相识，您这样帮助我，不知该怎么报答你啊？"老人说："我是祖姬的父亲。你按照你父亲清醒时的遗愿，将我的女儿再嫁，我在九泉之下，感谢你让我的女儿活下来，所以特来帮助你打胜这一仗。将军日后将世世代代享受富贵荣华，子孙将成为王侯。不要忘了我说的话啊！"

原来，魏颗的父亲有个爱妾名字叫祖姬。魏颗的父亲每次出征，临行前总是会嘱咐魏颗："我要是战死沙场，你就替我把祖姬嫁个好人家，那样我死也瞑目了。"但是，等到魏颗的父亲病逝前，他又嘱咐魏颗说："祖姬是我最宠爱的，我死了之后，你要让她给我陪葬，这样我在地下也有人作伴。"说完就死了。魏颗给父亲办了后事，但是并没有让祖姬陪葬。魏锜说："难道你忘了父亲临终前的嘱咐了吗？"魏颗说："父亲平时总是吩咐我要把祖姬找个好人家嫁掉，临终前他说的话肯定是糊涂话。孝顺的子女应该听从父母清醒时的话,不能听他们糊涂时说的话。”于是,就为祖姬找了个好人家嫁了。正是当初魏颗积下了这段阴德,所以,祖姬的父亲才来结草作为回报。

魏颗从睡梦中醒来,把这件事情告诉魏锜,并说:“当时我没有杀掉祖姬,真没想到她父亲会因此来回报我。”魏锜听了也是叹息不已。

魏颗回到晋国后,晋景公嘉奖了他,把令狐这个地方赏给了魏颗,又命人铸了一座大钟,将这件事情记录了下来。

羊舌职举贤治盗贼

羊舌职，晋国人。他聪敏正直，礼贤下士，以贤明闻名于世。他曾经和晋国的旧臣们迎接晋文公重耳返晋，为晋国后来的霸业奠定基础，晋景公时期被任命为大夫。

有一年，晋国遭遇饥荒，盗贼蜂拥而出。荀林父找到郤雍来治理盗贼。郤雍这个人善于揣摩猜想，他经常在大街上行走，走着走着就会指出哪个人是盗贼，这些人经过审问后，都确实是盗贼。荀林父就问郤雍："你怎么知道他们是盗贼？"郤雍说："我看一个人眉眼之间，看见街市上的东西就会露出贪婪的表情，看到街市上的人就会有惭愧的神情，听说我来了，就会表现得十分害怕。所以我就知道他就是盗贼了。”郤雍每天都能抓到十多个盗贼，百姓们听说有这么多盗贼都很害怕。但是，即便是每天能捉到这么多盗贼，盗贼的数量还是有增无减。

大夫羊舌职就对荀林父说：“您任用郤雍捉拿盗贼，盗贼还没有捉完，恐怕郤雍的死期就到了。”荀林父惊讶地说：“为什么呢？”羊舌职说：“古人认为‘能看得见深渊里有鱼的人是不吉祥的，能窥探出别人隐藏的罪恶的人会遇到灾难’。单凭郤雍一个人的力量，是不可能把所有的盗贼都捉住的；但是，盗贼们联合起来，就可以把郤雍制服。这样的话，郤雍不就很危险了吗？”

没过几天，郤雍在郊外遇到一伙盗贼，盗贼们合力把郤雍杀死了。荀林父得知了这一消息后，忧愤成疾，没过多长时间也死了。

晋景公听说了羊舌职之前对荀林父说过的话，就把羊舌职召进宫，问他：“郤雍的后果果真被你猜对了。那现在该怎么消灭盗贼呢？”羊舌职说：“用一个智谋去抵抗另一个智谋，就像是用石头压草，草肯定还会从缝隙中生长出来。用一种暴力去禁止另一种暴力，就像是用石头互相击打，石头一定会都碎掉。所以，要想彻底治理盗贼，就要教化民心，让他们懂得礼义廉耻，不再以拥有的越多越好为念，这样盗贼自然就会没有了。大王如果选择一个品格高尚的人，对他大加赞赏，让他享有荣华富贵，那些品格不高的人自然就会自行惭愧，不愿再去做盗贼了。”

晋景公又问：“那现在整个晋国，谁的品格最为高尚呢？你向我推荐推荐。”羊舌职说：“要论品格高尚，没有人能比得上士会。士会为人讲究诚信忠义，温和而不谄媚，廉洁而不矫情，正直而不卑亢，威严而不凶猛。您可以用他。”

此时,士会被晋景公派去攻打赤狄族,他共消灭了三个国家。等他回来后,晋景公就将士会的战功报告给周定王,周定王给予士会重赏,把他封为上卿。晋景公让士会代替荀林父的职位,统领中军,又加封他为太傅,分封在范县。

士会将惩治盗贼的法律条文全部废除,专门教化民众以人为善,于是,晋国的奸佞之民都纷纷逃走,全国上下一片安定,再也没有盗贼了。

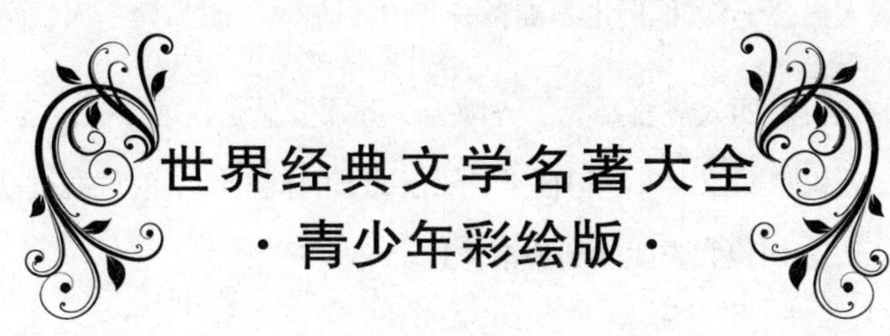

萧夫人登台笑客

晋景公任用士会治理盗贼之后，国家日益安定，百姓们生活富足，于是，晋景公就想重振晋文公时期的霸业，成为诸侯之首。

大臣伯宗进言说："现在的很多诸侯国都依附于楚国，轻视我们晋国。大王如果想成就霸业，不如先和齐、鲁两国交好，派人到这两个国家去拜访，联络一下感情。"于是，晋景公就派郤克带着礼物出使鲁国和齐国。

郤克拜访完鲁国之后，就准备去齐国。鲁宣公正巧也要派人到齐国去拜访，于是他就让大夫季孙行父和郤克一块去齐国。半路上，郤克遇到卫国大夫孙良夫、曹国大夫公子首，他们也是准备去齐国拜访的。于是，四个人就结伴而行。

到了齐国，四人进宫拜见了齐顷公。齐顷公见了这四个人的容貌，心里暗暗称奇，就说："四位大夫远道而来，请先回公馆休息休息，改日我设宴好好款待诸位。"于是，四位大夫就回到公馆休息。

话说齐顷公的母亲是萧太夫人，也就是齐惠公的夫人。自从齐惠公死后，萧太夫人哀痛至极，天天哭泣。齐顷公是个大孝子，他为了能让母亲快乐起来，就经常把从民间听来的一些奇闻异事讲给母亲听，希望母亲能开怀一笑。

齐顷公接见四位大夫回来之后，就去拜见母亲。在母亲宫中，齐顷公独自一人在旁边笑个不停，也不说是什么原因。萧太夫人很纳闷，就问："有什么高兴的事情，你笑得这么开心？"齐顷公就说："倒是没什么高兴的事，只是我今天见了一件怪事。今天，有晋、鲁、卫、曹四国的大夫前来拜见。晋国大夫郤克是个瞎子，只用一只眼睛看人；鲁国大夫季孙行父是个秃子，头上一根头发都没有；卫国大夫孙良夫是个瘸子，一只脚高一只脚低；曹国大夫公子首是个驼背，两只眼睛只能看得见地面。我想一个人生来有残疾，五形四体，各个部位都有可能，但是这四个人，每人占了一种残疾，还又同时来到这里。堂堂的齐国宫殿上居然站着一群鬼怪般的人物，难道不是一件可笑的事情吗？"

萧太夫人不信，说："我可从来没见过，我想看看行吗？"齐顷公说："各国使臣来拜访，公宴过后还会有私宴，到时候我把私宴设在后宫，各位大夫来赴宴一定会从崇台下经过。到时候，母亲您就站在台上，在帷幕后面偷偷看就行，这有什么难的？"

到了私宴那天，萧太夫人早早地登上崇台。按照旧例，使臣到访，所用的车马奴仆都应该由主国供应，以免客人疲劳。齐顷公为了博母亲一笑，就故意在国内选了瞎眼、秃头、跛脚、驼背四种残疾的人分别给四国大夫驾车:让瞎眼的给郤克驾车,让秃头的给季孙行父驾车,让跛脚的给孙良夫驾车,让驼背的给公子首驾车。齐国的大臣们得知齐顷公为了讨母亲欢心,就要戏弄四国的使臣,纷纷劝谏说:"使臣拜访是国家大事,宾主之间要以礼相待,不能儿戏啊!"但是,齐顷公根本就不听。

当萧太夫人从崇台上看见两个瞎子、两个秃子、两个跛子、两个驼背从下面经过的时候,忍不住哈哈大笑起来,旁边的侍女们也都忍俊不禁,笑声直接传了出去。

郤克刚开始的时候看见给他驾车的奴仆是个瞎子,以为只是偶然,所以也没觉得奇怪。但是当听到崇台上传来妇人嬉笑的声音后,就觉得有些奇怪。在宴会上匆匆喝了几杯酒就回到公馆。郤克经过打听,得知坐在崇台上的人是萧太夫人。

不一会儿,鲁、卫、曹三国的大夫也都回来了,他们愤愤地说:"齐国简直是欺人太甚了,故意找那些残疾的人来给我们驾车,戏弄我们,还让妇人们在崇台上观赏讥笑。"郤克说:"我们好心好意地来拜访齐国,却被他们戏弄,这个仇要是不报,真不能称作是大丈夫了。"于是,四国大夫便歃血为盟,商量好共同攻打齐国。第二天,天刚刚亮,他们也不向齐顷公拜别就启程回国了。齐国大臣听说了,都叹息着说:"齐国的灾祸就要来了。"

不久,鲁晋两国联合攻打齐国。齐顷公听说了,一面派人去向楚国求救,一面整顿车马,任命逢丑父为车右将军,自己亲自率兵迎战。

一番激战之后,齐军大败,齐顷公绕道华不注准备逃跑,但还是被晋国大军发现。晋国将军韩厥远远地看见齐国的金舆车乘,知道齐王就在里面,于是率领军队紧追不放。偏偏这时,齐顷公的马车被树枝绊住,走不动了。眼看着齐顷公就要被捉,逢丑父急中生智,对齐顷公说:“情势危急,请大王把您的锦袍绣甲脱下来给我,让我扮作您。您穿上我的衣服,站在旁边,混淆晋人耳目。倘若有什么不测,我愿意代您去死。”于是,齐顷公就按逢丑父说的,两人互换了衣服。

刚换完衣服,韩厥就率领晋国大军到了。韩厥不认识齐顷公,他看见车子里的人穿着锦袍绣甲,就认为是齐顷公,于是拜了拜说:“请您屈尊下驾,到我们国家去一趟吧。”车里的逢丑父一看,韩厥根本没认出来,就故意说自己口渴了,想要喝口水,把瓢递给齐顷公说:“你去给我取些水来。”齐顷公假装着去取水,取来之后,逢丑父嫌太脏,又让他到更远的地方去取。齐顷公就借机绕到山后,正遇到前来接应的齐国将领郑周父,于是齐顷公在郑周父的帮助下逃回了齐国。

韩厥押解着逢丑父返回军营,派人报告郤克说捉到了齐王。郤克一听,十分高兴。但等韩厥把人带了进来,郤克一看就说:“这不是齐王。”韩厥此时才知道,自己因为不认识齐王,被齐军给骗了。韩厥怒气冲冲地问逢丑父:“你是谁?”逢丑父说:“我是车右将军逢丑父,刚才去取水的那个人才是我们大王。”郤克也十分生气,他说:“军法上有规定:‘欺骗三军者处斩。’你冒充齐王,欺骗我军,还指望着我放你生路吗?”说完,就让人把逢丑父拖出去砍了。逢丑父大声说:“请听我说一句话,从古至今还没有替君主死难的臣子,我是第一个这样做的,如果被杀害了,以后还会有谁愿意替君主效命?”郤克一听,想想也是这个理,就对身边的人说:“为君主尽忠尽孝的人,我杀了不吉利。如今赦免了他,就当做是鼓励忠于国君的人吧。”于是,就把逢丑父给放了。

齐顷公兵败回国后,励精图治,安抚百姓,立志要报仇。晋国担心日后齐国强大后会来报复,于是就派人四处说齐国的好话,又归还了原先占领的齐国土地。从此之后,晋国的威信渐渐丧失。

说秦伯魏相迎医

屠岸贾灭掉赵氏家族之后三年，晋景公到新田去游玩，觉得那里山清水秀，土地肥沃，就将都城迁到新田，称为新绛，原来的都城称为故绛。文武百官前来祝贺，晋景公在内宫设宴款待群臣。

快到傍晚的时候，天色渐渐暗了下来，宫人们准备点燃蜡烛，忽然刮起一阵怪风，寒气逼人，在座的人都胆战心惊。不一会儿，风过去之后，晋景公看见一个蓬头垢面的大鬼，身高一丈多，头发拖到地面，从外面走了进来，边走边挥着胳膊说："上天啊，我的子孙有什么罪过，你却杀了他们，我已经告诉了天帝，他让我来取你的性命。”说完，就举起锤头来打晋景公。晋景公大叫一声：“快来救我啊！”拔出剑来就要去刺那个鬼，但却误砍了自己的手指。大臣们都不知道是什么缘故，慌忙站起来，把晋景公手里的剑夺了过去。晋景公口吐鲜血，一下子倒在地上昏了过去。

宫人们把晋景公扶到床上，过了很长时间晋景公才苏醒过来。大臣们不欢而散，晋景公自此之后卧病不起，看了很多太医，吃了很多药也不见好转。有人建议说：“有个桑门大巫能白天看见鬼，不如把他请来为大王看看。”于是，晋景公就派人把桑门大巫请来。

桑门大巫刚走进宫门就说：“有鬼。”晋景公问他鬼的样子，他描述了出来，晋景公说：“你描述的和我那天见到的是一样的，他说我杀害了他的子孙，不知道这个鬼是什么样的鬼啊？”大巫说：“一定是先世有功的臣子，如今他的子孙遭受祸害最严重。”晋景公惊愕地说：“难道是赵氏家族的先祖？”屠岸贾在旁边说：“这个大巫是赵盾的门客，他是想借这个机会来给赵氏家族申冤的，大王不要相信他的话。”晋景公沉默了一会儿说：“那这个鬼可以驱除吗？”大巫说：“这个鬼十分愤怒，驱除掉也没有用。”晋景公说：“那我的死期在什么时候？”大巫说：“请您恕罪，小人冒死告诉您，您的病可能等不到吃新下的麦子了。”屠岸贾说：“不到一个月新麦就要熟了，大王虽然生病了，但是精神很好，怎么会到将死的地步？如果大王能够吃到新下的麦子，你就是死罪。”没等晋景公下令，屠岸贾就把大巫赶出去了。大巫走了之后，晋景公的病越来越严重，太医看了很多次也不知道是什么病，所以也不敢开药。

大夫魏锜之子魏相对众大臣们说：“我听说秦国有两个名医高和、高缓，他们得到扁鹊的真传，医术高明，现在是秦国的太医。要想治愈大王的病，就必须请到这两个人，怎么没人去请呢？”大臣们说：“秦国是我们的仇敌，怎么会派太医来给我们大王治病呢？”魏相说：“邻国之间本来就应该互相帮助，我虽然没什么才能，但是愿意用自己三寸不烂之舌说服秦王，请到这两个名医。”魏相当天就准备妥当，连夜赶往秦国。

到了秦国，面见秦桓公。秦桓公问明魏相的来意之后，说：“晋国不讲道理，多次攻打我国军队，我们即便是有医术高明的太医，也不会去救晋国国君。”魏相说：“您这话说得不对。秦晋两国是邻国，当初晋献公和秦穆公结为婚姻，约定两国世世通好。只因为后来的几次战役，才导致两国关系破裂。但是，这几次战役，都是由秦国挑起的。如今，我们大王得了重病，想要到您这里聘请名医，我来之前，大臣们还劝我说‘秦国和晋国断绝关系很久了，一定不会派人来’。我告诉他们‘秦王多次挑起战争，心中已经后悔，这次肯定会借这个机会修复两国关系’。您如果不答应，那就说明大臣们的预料是正确的。邻居之间的患难与共，您抛弃了；医者救人的善心，您舍弃了。我私下认为您的这种做法是不可取的。”

秦桓公见魏相言辞慷慨，分析得头头是道，对他肃然起敬，说：“你这样教导我，我又怎么能不听呢？”于是，就派太医高缓前去晋国。

此时晋景公已经病危，天天盼望着秦国名医的到来。有一天在梦里看到有两个小人儿，从自己的鼻子里跳出来，其中的一个小人儿说：“秦国的高缓是名医，他如果来了，我们一定无处可逃，该怎么办呢？”另一个小人儿说：“如果我们躲到肓（中医上指心下膈上的部位）的上面，膏（心脏下面）的下面，他就拿我们没办法了。”不一会儿，晋景公就大叫着心口疼，坐立不安。正疼痛难忍之际，魏相带着高缓来到，一番诊断之后，高缓说：“这病已经治不好了。”晋景公问：“为什么？”高缓说：“您已经病入膏肓，既不能用针，也不能用灸，即便是用药，也治不好了，这是天命啊！”晋景公叹息着说：“你说的和我梦见的一样啊，真不愧是名医。”于是，给了高缓厚礼，派人把他送了回去。

有个服侍晋景公的小内侍名叫江忠，侍奉晋景公十分辛苦，有一天早晨睡着了，睡梦中，他梦见自己背着晋景公在天上飞腾，醒来之后就告诉身边的人。正赶上屠岸贾进宫看望晋景公，听说了这件事情，就对晋景公说：“飞腾上天，这是好的预兆，大王的病不久就能痊愈了。”当天，晋景公也确实觉得心口不那么疼了，听见这话，更是十分高兴。忽然，有人来报说进献新麦的人来了。晋景公想要尝尝，于是就命令厨房的人春米做粥。

屠岸贾对桑门大巫为赵氏家族申冤的事情仍然耿耿于怀，就对晋景公说：“当初桑门大巫说您不能吃到新麦，如今他的话不灵验，应当杀了他。”晋景公听了他的话，就把桑门大巫召进宫，让屠岸贾责备他说：“如今新麦子就在眼前，你还说不能吃到吗？”大巫说：“那可不一定啊。”晋景公听了这话，脸色变得很难看，立刻命人把桑门大巫拉出去斩了。

到中午，厨房送来做好的粥，晋景公刚想吃，就觉得肚子不舒服，立刻对江忠说：“背我去厕所。”到了厕所，晋景公心口疼痛难忍，一下子没站好，掉进厕所中。江忠一看晋景公掉进厕所，也顾不得臭气熏天，把晋景公拖了出来，但是拖出来时晋景公已经气绝身亡。唉，到底是没有吃到新麦，枉杀了桑门大巫，这都是屠岸贾的错啊。

人们纷纷议论，江忠把晋景公从厕所中背出来正好是应了梦中自己背负晋景公升天的情形，于是，江忠就被殉葬。如果当时江忠不把他做的梦说出来，也就没有这个灾祸了。

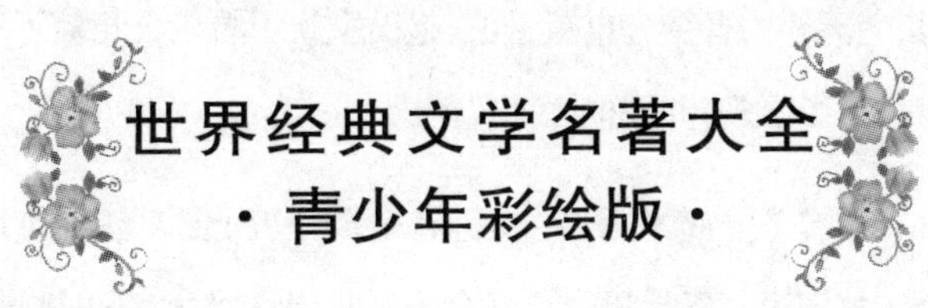

围下宫程婴匿孤

屠岸贾自晋灵公被杀之后，一直对赵盾耿耿于怀，总是想找机会除掉赵盾。晋景公即位之后，也和晋灵公一样宠信屠岸贾，每天和屠岸贾吃喝玩乐，不关心朝政。

一次，梁山无缘无故地崩塌，阻塞了河流，三天都没有疏通。晋景公就让太史占卜。屠岸贾事先收买了太史，让他故意说"刑罚不中"。晋景公很纳闷，说："我从来就没怎么用过刑罚，怎么会有刑罚不恰当呢？"屠岸贾在旁边说："当初晋灵公被杀死在桃园，赵盾有着不可推卸的责任，但是晋成公却没有追究，还让他重掌国政,现在,赵氏子孙在朝中做官的已经有很多人了,这难道是惩罚吗?梁山崩塌,是上天要为晋灵公申冤,处罚赵氏家族。"晋景公相信了屠岸贾的话,将赵盾的罪过写了下来,并派他去处置赵氏一家。

韩厥知道屠岸贾的意图所在,就连夜赶到下宫,告诉赵盾的儿子赵朔,让他赶紧逃命。赵朔说:"既然屠岸贾奉命来杀我,我也没什么可逃避的。但是我妻子已经怀孕,如果生下的是男孩,还可以延续赵氏血脉。希望将军能帮我保存这一点骨血,我即便是死了也愿意。"赵朔的夫人庄姬是晋成公的女儿,也就是晋灵公的姐姐。韩厥说:"不如把夫人送到宫中,或许还可以逃脱这场劫难。"于是,赵朔就让程婴护送着庄姬到宫里去了。临行前,赵朔对庄姬说:"如果生的是女孩就叫文,如果是男孩就叫武。"

第二天天刚亮,屠岸贾就带人围住赵家的住所——下宫,拿着晋景公所写的赵盾的罪过书,将整个赵氏家族的男女老少杀得一个不留。最后清点人数的时候发现没有庄姬。屠岸贾向晋景公报告说:"赵氏一族已经全部杀掉了,只有公主逃到宫中。听说她已经怀孕,要是生下男孩,将来长大了肯定会来报仇。"晋景公说:"如果生下的是男孩就杀掉。"于是,屠岸贾每天派人进宫打探庄姬生产的消息。

不久,庄姬生下了一个男孩,但晋成公夫人吩咐宫中假说生了个女孩。屠岸贾不信,就派人去验证,庄姬情急之下说孩子已经死了。屠岸贾还是不相信,就带人去宫中查看。庄姬把婴儿放在裤子里,祷告说:"如果上天要灭绝赵氏一族,孩子就会哭啼;如果上天要延续赵家的血脉,孩子就不会出声。"等屠岸贾进来搜的时候,孩子一声也没哭。屠岸贾出了宫,心里还是有些怀疑。有人说赵氏孤儿已经被抱出宫,屠岸贾于是就在城门上悬挂告示:"能首先找到赵氏孤儿的人将获得赏金一千两;如果知情不报,就和窝藏罪犯同罪,全家处斩。"

却说赵盾有两个心腹门客，一个是公孙杵臼，一个是程婴。听说赵氏家族被灭门，两人都准备去死。后来听说庄姬逃到宫里，而且还怀有身孕，程婴就说："如果生下的是男孩，我们两个共同抚养他，等他将来长大了去报仇；如果生下的是女孩，我们再去死也不迟。"于是，程婴就贿赂宫人，和庄姬取得了联系。庄姬知道程婴忠义，就秘密地写了一个"武"字给程婴，程婴高兴地说："果然是个男孩。"

屠岸贾到宫中搜查，赵氏孤儿侥幸脱险，程婴对公孙杵臼说："屠岸贾这次没有搜查到肯定不会善罢甘休，我们一定要想办法把孩子偷出来，送到安全的地方去才行。"公孙杵臼思考了半天，问程婴："抚养遗孤和去死哪个更难？"程婴说："死容易，抚养遗孤难。"公孙杵臼说："赵氏的先君待你不薄，你就勉为其难去做更难的那件事情，我就去做那件容易的，让我先去死吧。"程婴问："你有什么主意？"公孙杵臼说："我们找个其他的孩子，假称是赵氏孤儿，我抱着去首阳山，你就去向屠岸贾报告。到时候，屠岸贾找到这个假的赵氏孤儿，就不会再追究真的了。"程婴说："找个假的容易，但是把赵氏孤儿从宫里偷出来不容易啊。"公孙杵臼说："韩厥受赵氏的恩惠最多，为人正直不阿，可以让他把孩子偷出来。"程婴说："我最近刚刚得了个儿子，和赵氏孤儿差不多大，就让他顶替赵氏孤儿吧。但是，你匿藏赵氏孤儿，一定会被杀头的，我怎么忍心你比我先死呢？"说着，并哭着离开了。

程婴和韩厥商量好之后，就扬言说："谁能给我一千两黄金，我就告诉他赵氏孤儿在哪里。"屠岸贾听说了这一消息，立刻把程婴召来，询问他赵氏孤儿的下落。程婴就说："孩子被公孙杵臼抱走了，他现在躲藏在首阳山，您赶快派人去吧，去晚了，他们就要逃到秦国去了。"于是，屠岸贾带着三千多士兵，让程婴做前导，直奔首阳山。

找到公孙杵臼后，他不承认有赵氏孤儿。屠岸贾让人四处搜索，在一间小屋子里找到了一个孩子，只见那个小孩被锦缎包裹着，就像是富贵家的小孩。公孙杵臼一见，就拼命上去争夺，大骂说："程婴真是个小人。当初下宫之难的时候没有死，还和我商量着把赵氏孤儿藏起来，现在却贪图那一千两黄金，把我出卖了。我死不要紧，但是怎么报答赵氏的恩情呢？"屠岸贾下令杀掉了公孙杵臼和他抱着的婴儿。

韩厥趁屠岸贾进山的时候，假装成医人进到宫中为庄姬看病。他将程婴给的"武"字贴在药箱上，庄姬见了知道是程婴派他来的。于是就把孩子放到药箱里，那孩子哭啼起来，庄姬轻轻拍打着他说："赵武啊，赵武，你是赵家唯一的骨血，替赵家申冤的重任就落在你一个人身上了。出宫的时候一定不要哭啊。"说完之后，赵氏孤儿就立刻不哭了，韩厥带着孩子赶紧出来，走出宫门的时候也没有人盘问。

屠岸贾回来之后，准备赏赐程婴，程婴推辞不肯接受。屠岸贾说："你原本不就是为了钱才来的吗？现在怎么又要推辞呢？"程婴说："我做赵家的门客已经很长时间了，现在为了自保就把赵氏孤儿出卖，已经是不仁不义了，又怎么敢收赏金？如果您愿意，请允许我用这些钱来埋葬赵氏家族。"屠岸贾就答应了他的要求。一切都做好之后，程婴就去见韩厥，韩厥把孩子交给程婴。程婴带着孩子藏到盂山，把赵氏孤儿当做是自己的亲生儿子一样抚养。

十五年之后，晋悼公即位，听说韩厥十分贤能，就任命韩厥为中军元帅。韩厥私下里对晋悼公说："我承蒙先世的功劳，才能在您身边侍奉。先世的功劳，最大的是赵氏家族。赵衰曾辅佐过晋文公，赵盾辅佐过晋襄公，他们都竭忠尽智，忠心不二。晋灵公、晋景公宠信屠岸贾，屠岸贾仗着受宠，谋害了赵氏家族，惹得百姓们愤愤不平。如今大王论功行赏，大修整治，为什么不给赵氏家族平

反呢？”晋悼公说：“赵氏家族的事情我早就听说过，只是不知道赵家还有没有人？即便还有人，也不知道他们在哪里啊？”韩厥说：“当初为了保住赵家的唯一血脉，公孙杵臼带着假的赵氏孤儿一块死掉，程婴带着真的赵氏孤儿藏到盂山，如今那孩子已经十五岁了。”于是，晋悼公就让韩厥把赵武接进宫。

晋悼公假装生病，韩厥带领着文武百官入宫看望晋悼公，屠岸贾也在。入宫之后，晋悼公说：“你们知道我为什么病了吗？就是因为有件事弄不明白，所以心里不痛快。”大臣们都问：“是什么事情啊？”晋悼公说：“当初，赵氏家族的功劳那么大，怎么会被灭门？”众人都说：“赵氏灭门已经是十五年前的事情了，现在您就是想要给他们立功，也没有人啊。”

晋悼公将赵武叫了出来，让他拜见了众位大臣。屠岸贾一见这种情况，知道大事不妙，吓得魂不附体。大臣们都说：“当初下宫之难，都是屠岸贾策划的，现在如果不诛灭屠岸贾一家怎么能慰藉赵氏家族的冤魂呢？”于是，晋悼公命令杀掉屠岸贾，并派韩厥和赵武带兵包围屠岸贾的住宅，诛灭了他的家族。

晋景公将赵武封为司寇，代替屠岸贾的职位，又将以前赵氏家族的田地还给赵武。晋悼公听说程婴忠义，就想封他做军中的执法官。程婴推辞说：“我之所以没死，就是为了抚养赵氏孤儿。如今大仇已报，我又怎么能贪恋富贵，到了我去地下向公孙杵臼报告的时候了。”说完就拔出剑自杀了。

赵武痛哭了一场，将程婴和公孙杵臼一块葬在云中山，称为“二义冢”。赵武为程婴守孝三年，给他安排了祭祀的地方，每年都去祭奠他。

孙林父因歌逐献公

卫献公即位之后，日夜饮酒作乐，亲近那些善于阿谀奉承的人，最喜欢一些鼓乐田猎的事情，不理朝政。

卫献公的父亲卫定公在位的时候，有个同母弟弟名叫公子黑肩，公子黑肩的儿子公子剽继承父亲的爵位成为卫国大夫，颇有权略。上卿孙林父、亚卿宁殖见卫献公昏庸无道，就暗中和公子剽勾结，孙林父又暗中和晋国结交，将卫国的宝物都运到戚地，让自己的妻子居住到戚地看管财物。卫献公早就怀疑孙林父有二心，但是一来没有什么证据，二来又畏惧他的势力，所以一直忍耐着。

有一天，卫献公邀请孙林父、宁殖到宫里一块吃午饭。孙、宁二人来到宫门口，从早晨一直等到中午，也没见有人来召见，宫里面也没见有人出来。两人看看已经到了午后，等了一上午，已经又饥又乏，于是，就敲打宫门，守门的侍卫说："大王正在后圃射箭，两位大夫如果要去见大王就进去吧。"孙、宁二人一听这话，立刻大怒起来，强忍着饥饿走到后圃，远远地看见卫献公戴着皮帽正在和射师公孙丁比试射箭。

卫献公见孙、宁二人走了过来，也不换衣服，将弓箭搭在身上，对他们说："你们今天来有什么事情吗？"孙、宁二人齐声回答："承蒙大王邀请我们来吃午饭，我们从早晨等到现在，害怕违抗了大王的命令，所以才来到这里。"卫献公说："我正在射箭，把这件事情给忘了。你们先退下，等改天再说吧。"刚说完，就看见有一只大雁飞过，卫献公对公孙丁说："我和你来赌赌，看谁能射中这只大雁。"孙、宁二人一看，卫献公根本就不理睬自己，就气鼓鼓地离开了。

孙林父对宁殖说："大王沉迷于游戏，亲近小人，对大臣一点也不尊重，我们将来肯定要有灾祸。我想要让公子剽做君王，你认为怎么样？"宁殖说："君王无道，只会带来灾祸。我同意你的看法，那我们就伺机行动吧。"孙林父回到家吃完饭后，就立刻带领着家臣赶到戚地，整顿好车马，做好谋反的准备。

孙林父派儿子孙蒯去拜见卫献公，先去探探卫献公的口气。孙蒯见到卫献公后说："我父亲感染了风寒，想要在河上那里调养一阵子，希望大王能够恩准。"卫献公笑着说："你父亲的病恐怕是饿出来的吧，今天我不会再让你挨饿了。"说着，就让人拿上酒食给孙蒯，并让乐师在旁边奏乐。乐官问："演奏什么乐曲呢？"卫献公说："就演奏《巧言》的最后一章吧，这首曲子非常符合现在的情形。"乐师说："这首乐曲表达的意思不好，不适合今天这个场合吧？"站在旁边的师曹大声呵斥乐师说："大王让你演奏你就演奏，怎么这么多话呢？"

原来,《巧言》的最后一章有暗指臣子作乱的意思,而师曹之所以极力让乐师演奏这首曲子,是因为师曹善于鼓琴,之前卫献公曾让他去教后宫的嫔妃,嫔妃不听从师曹的教导,师曹就打她几下,嫔妃在卫献公面前告了师曹的状,卫献公当着嫔妃的面鞭打了师曹。师曹对这件事一直怀恨在心,所以今天明知道这首曲子的寓意不好,也极力让乐师演奏,好来激怒孙蒯。

其实,卫献公之所以让乐师演奏这首曲子,是因为他知道,孙林父到河上居住是想要叛乱,所以想借用这首曲子来提醒一下他。孙蒯当然也明白这其中的意思,所以坐立不安,一会儿就请求告退了。临走前,卫献公对孙蒯说:“你把今天乐师演奏的曲子给你父亲说说。你父亲虽然在河上,但他的一举一动我都了如指掌,让他好好休养吧。”孙蒯叩头离开。

回到家后,孙蒯将面见卫献公的情形告诉了孙林父,孙林父说:“大王已经对我起疑心了,我不能就这样坐以待毙。大夫蘧伯玉是卫国有名的贤人,如果能和他联合,事情就没有做不成的。”于是,孙林父就去见蘧伯玉,说:“大王暴虐,这你也是知道的,我担心这样下去国家就危险了,如果真到了那一步,您打算怎么办?”蘧伯玉说:“作为臣子,侍奉君王是分内的事情,如果能进谏就进谏,不能的话就离开,其他的我就不知道了。”孙林父一听这话,知道蘧伯玉不可能和自己一起谋划立新君,就告辞离开了。

回去之后,孙林父在邱宫聚集人马准备攻打卫献公。卫献公十分害怕,就派人到邱宫讲和,但是孙林父不答应,还把使者杀掉了。公孙丁对卫献公说:“如今情况危急,大王还是出逃吧,等以后有机会了再回来。”于是,在公孙丁的护送下,卫献公带领着二百多士兵,从东门出去,准备逃到齐国。

孙蒯等人在后面紧追不舍,一路追杀下来,卫献公带领的二百多人只剩下

十多个。幸亏公孙丁的箭术高明，箭无虚发，才保住卫献公的性命。孙蒯见追了那么长时间也杀不掉卫献公，就带兵回来了。半路上遇到了庾公差、尹公佗两人带兵来到，两人说："我们奉了相国的命令捉拿卫公。"孙蒯说："他身边有个善于射箭的人保护着，你们要小心。"庾公差说："难道是我师父公孙丁吗？"

原来，尹公佗是庾公差的徒弟，而庾公差是公孙丁的徒弟，三人是一脉相承，所以都知道互相的能力有多大。庾公差、尹公佗二人追了十多里路追上了卫献公。此时，公孙丁正驾着马车，回头一看，远远地就望见前来追赶的庾公差，就对卫献公说："前来追赶的是我的弟子，弟子没有害师父的道理，大王不必害怕。"于是就停下车子。庾公差到了之后，一看果然是公孙丁，就下车拜见。庾公差说："今天的事情，我们是各为其主，要是我用箭射你，就是违背师命，但要是不射，我就是违背主命，我有个两全其美的办法。"说着，就拿出弓箭，摘下箭头，连射了四箭在马车上。射完之后，庾公差说了声："师父保重！"就扭头回去了。

半路上，尹公佗对庾公差说："您和公孙丁之间有师徒之情，但是我和他隔了一层关系，师恩为轻，主命为重，如果就这样回去了，没有办法复命，我还是去追赶他吧。"庾公差说："我师父的箭术高明，你根本就不是他的对手，不要白白送命了。"尹公佗不信，转过身就又去追卫献公了。一直追了二十多里地，才赶上卫献公等人。尹公佗对公孙丁说："我的师父庾公差和你有师徒之情，但我并没有直接从你那里学习射箭，你我之间就和路人一样，我不能因为你我之间路人般的私情而背弃主公的命令。"公孙丁说："你师从庾公差，也不想想庾公差的本领从哪里学来的，做人怎么能忘本呢？还是赶紧回去，不要伤了和气。"

尹公佗不听，拿出弓箭，冲着公孙丁便射。只见公孙丁不慌不忙地把马鞭交给卫献公，等到箭来到眼前的时候，用手轻轻一抓就接住了，顺手又把箭搭在弓上，回射了过去。尹公佗想要躲避的时候已经来不及，一下便被射穿左臂。尹公佗强忍着剧痛，丢下弓箭转身就跑，公孙丁又射了一箭，结果了尹公佗的性命，跟随尹公佗前来的士兵都被吓得四散逃走。卫献公感慨地对公孙丁说："如果没有你，我这条命真就保不住了。"

公孙丁重新驾上马车，奔跑了十多里路，听见后面又有车马追赶上来，卫献公一下慌张起来，不知该如何应付。等车马走到跟前，才看清来的人是自己的弟弟公子鱄。公子鱄冒死前来接应卫献公，于是他们就一路奔赴到齐国。

孙林父将卫献公赶出去之后，就和宁殖将公子剽立为君王，公子剽就是卫殇公。

老祁奚力救羊舌

羊舌赤，字伯华；羊舌肸，字叔向，他们和羊舌叔虎都是羊舌职的儿子。羊舌叔虎和栾盈关系很好，栾盈被晋国驱逐后，羊舌赤和羊舌肸因为羊舌叔虎的关系也被抓了起来。

晋国大夫乐王鲋，深受晋平公宠幸，他早就听说羊舌赤和羊舌肸十分贤明，想要和两人结交，却一直没有机会。这次听说两人被抓，就特地跑到宫门口，正巧在半路上遇到羊舌肸。乐王鲋对着羊舌肸作揖，并安慰他说："你不要担心，等我见了大王，一定为你求情。"羊舌肸根本就不理会乐王鲋，乐王鲋见自己好心好意却碰了一鼻子灰，就气愤地走了。

羊舌赤听说了这件事情，就责怪羊舌肸说："我们兄弟俩的命就快没了，羊舌氏也就快断绝了。现在乐大夫深受晋平公的宠幸，倘若他能在大王面前替我们求情，我们也可能活下来，保住羊舌氏一族的血脉。你怎么一句话也不说呢？"羊舌肸笑着说："生死有命，如果上天真的要保住羊舌氏一族的血脉，也应当由祁老大夫来救我们，乐大夫能做什么呢？"羊舌赤说："乐大夫每天在大王面前，深受大王宠幸，你说不能救我们，祁老大夫已经告老还乡，在家颐养天年，你却说能救我们，我真不明白你是怎么想的。"羊舌肸说："乐大夫对大王是谄媚，他说的话大王可能听，也可能不听。但是，祁老大夫公正严明，以理服人，不会因为我们是羊舌氏就来救我们，而是会以事实来说服大王。"

晋平公上朝之后，审讯这些被抓来的栾盈的党羽。晋平公看到羊舌氏三兄弟都在其中，就问乐王鲋："羊舌叔虎的事情，羊舌赤和羊舌肸都知道吗？"乐王鲋因为羊舌肸不领情的缘故，心里有些生气，就回答说："他们是亲兄弟，怎么会不知道呢？"于是，晋平公就准备定羊舌赤和羊舌肸的罪。

此时，祁奚已经告老还乡，隐居田园，他的儿子祁午和羊舌赤的关系很好。在羊舌赤被抓的时候，祁午就派人连夜告诉他的父亲，让父亲为羊舌氏求情。祁奚接到消息后大吃一惊，说："羊舌赤和羊舌肸都是晋国的贤臣，受到这样的冤屈，我一定要去救他们。"于是就连夜乘车来到晋都，没来得及和祁午见面，就直接去找将军范匄。

范匄一见祁奚来访，就说："大夫年事已高，这次风餐露宿地急着赶来，一定有什么事情吧。"祁奚说："我是为了晋国的江山社稷来的。"范匄大吃一惊说："不知道什么事情关乎晋国的江山社稷，让您老人家这么着急？"祁奚说："贤臣，是一个国家安定的守护者。羊舌职对晋国有着不可磨灭的功劳，他的儿子羊舌赤、羊舌肸也都是治国的贤臣能将。只因为羊舌叔虎的错误，就把羊舌氏一族全部杀掉，不是太可惜了吗？”范匄说：“您说得对，但是现在大王的怒气还没消，我和您一块进宫劝解大王吧。”

进宫之后，两人对晋平公说：“羊舌赤、羊舌肸，他们两人和羊舌叔虎虽然是兄弟，但是却不一样。他们并不知道羊舌叔虎的事情，况且羊舌氏一族对晋国的贡献也不能因此而废掉啊。”晋平公听了两人的劝解，怒气渐消，宣布赦免了羊舌赤、羊舌肸，让他们官复原职。

羊舌赤、羊舌肸被赦免之后，进宫谢恩。回来后，羊舌赤对羊舌肸说：“祁老大夫救了我们，我们应该到他家里去谢谢他。”羊舌肸说：“他是为了晋国的江山社稷着想，才为我们求情，又不是为了我们个人的缘故，不用去谢他。”说完，羊舌肸就走了。

羊舌赤始终觉得心里过意不去，于是就自己去祁午那里拜谢祁老大夫，但是到了祁午家里，祁午说：“我父亲见过大王之后，就立刻回去了。”羊舌赤感叹着说：“祁老大夫果然是不求回报，看来我真是不如羊舌肸啊！”

贺虒祁师旷辨新声

晋平公听说楚国建成章华宫之后召集各国诸侯前去参观，心里有些不高兴，于是召集晋国大臣商议，也想建座宫殿，来和楚国相比拼。

大夫羊舌肸进谏说："能够使各国诸侯信服靠的是德行，而不是宫殿的华美与否。楚国建章华宫，已经失掉了德行，大王难道要效仿他吗？"晋平公不听，命人在曲沃汾水旁边建造了宫殿，虽然规模不及章华宫，但是却十分精美，取名虒祁宫，然后也派人去邀请各诸侯国前来参观。各诸侯国听说晋国也建了一座宫殿，都暗暗地笑话晋国的做法，但也都不敢不来。

卫灵公因为刚刚即位，还没有拜见过晋平公，于是就亲自前来。当走到濮水时，天色已晚，于是就在客栈休息。晚上，卫灵公睡不着觉，耳朵里总是听见鼓琴的声音，那声音若隐若现，时近时远，于是就穿好衣服坐了起来，靠在枕边仔细聆听。那声音十分微小，但是却清越悠扬，所演奏的曲子是卫灵公从来没有听过的。

卫灵公一向爱好音乐，他有个乐师名叫师涓，善于作曲，深受卫灵公宠爱，每次出门都会带着师涓。听到这美妙的音乐，他赶紧把师涓叫来一块欣赏。师涓来到的时候，音乐还没有演奏完，卫灵公就对师涓说："你仔细听听，这曲子简直是美妙极了。"师涓侧耳细听，过了很长时间音乐才停下来。师涓说："我大概能听清这首曲子，再给我一夜的时间，我就能把这首曲子写出来。"于是卫灵公又在濮水停留了一夜，晚上当那美妙的音乐传来时，师涓就抚琴弹奏，不一会儿工夫就学会了。

到了晋国，朝拜完毕之后，晋平公在虒祁宫设宴款待卫灵公。正喝得畅快，晋平公说："我听说卫国有个名叫师涓的乐师，善做新曲，不知道今天有没有一块来啊？"卫灵公说："他就在台下。"晋平公说："那就把他叫过来。"同时，晋平公把师旷也召了进来。两人进来之后，晋平公问师涓："最近有没有作什么新曲子啊？"师涓回答说："这次在来的路上正巧听到了一首新曲子，我给您演奏一下吧。"于是，晋平公就让人摆好桌几，拿来琴放到师涓面前。

师涓调好琴弦，开始弹奏起来，才刚弹奏了几下，晋平公就大赞不已。一曲还没弹完，师旷就按住琴弦，说："不要再弹了，这种亡国之音不能演奏。"晋平公疑惑地问："为什么这么说呢？"师旷说："殷朝末年，乐师师延常常演奏一些靡靡之音，导致纣沉溺其中，现在所演奏的就是那靡靡之音。后来武王伐纣，师延抱着琴向东逃跑，自投濮水而死。每当有喜好音乐的人路过濮水，这声音就会从水上传出。师涓半路上所听到的曲子一定是在濮水听到的。”卫灵公一听这话，大吃一惊。晋平公问：“这是前代的音乐，演奏一下又有什么关系？”师旷说：“纣因为这种音乐而亡国，这是不祥的音乐，所以不能演奏。”晋平公不听，对师涓说：“我平生最喜欢的就是新曲，把这首曲子演奏完吧。”师涓又重新调整琴弦，将这首曲子演奏完。

晋平公听完之后十分高兴，就问：“这首曲子是什么调啊？”师旷说：“是《清商》。”晋平公问：“《清商》是最悲哀的调吗？”师旷回答说：“《清商》虽然悲哀，但还是比不上《清徵》。”晋平公又问：“那可以演奏《清徵》吗？”师旷说：“不能，古代能听《清徵》的都是有德行的明君。如今大王的德行还没有达到能听的程度。”晋平公说：“我就是想听一听，你就不要推辞了。”师旷不得已，就演奏起来。刚开始弹，就有一群黑色的鹤从南方飞来，聚集在宫门的栋梁上；再弹奏，这些鹤就鸣叫起来，飞到了台阶上；师旷又接着弹奏，这些鹤就随着音乐翩翩起舞。晋平公拍手鼓掌，台上台下的人也都为这奇妙的景象而称奇。

演奏完毕，晋平公赏赐给师旷美酒，师旷接过来一饮而尽。晋平公感叹着说：“音乐达到《清徵》的水平就没有再能超越的了。”师旷说：“还是比不上《清角》。”晋平公吃惊地说：“难道还有比《清徵》更高的音乐，赶紧演奏演奏。”师旷说：“《清角》不像《清徵》，我实在是不敢演奏啊。如果演奏了，恐怕会招来鬼神，引发灾祸。”晋平公说：“我已经这么大年纪了，要是能听一听《清角》，哪怕是死了也没有什么好后悔的了。”师旷实在是推脱不过，就演奏了起来。刚开始演奏，就有乌云从西方飘来，不一会儿就狂风骤雨，下起了大雨。席上的人都吃了一惊，晋平公也有些害怕。过了很长时间，风雨才停下来。

当天晚上，晋平公因为受惊得了心悸的病。睡梦中，晋平公看见一个黄色的东西，像车轮那样大，慢慢地走来，一直走进寝宫。晋平公仔细看了看，那东西的形状就像是个鳖，前面有两只脚，后面只有一只脚，随后便是汹涌的大水。晋平公大叫一声，从梦中惊醒过来。

第二天早晨，文武百官前来问安，晋平公就把梦中的情景说了出来，大家都不知道是什么东西。正巧，有人来报说郑简公前来拜访。羊舌肸高兴地说："大王的梦可以解了。我听说郑国大夫公孙侨博学多闻，郑简公这次一定是带着公孙侨一块来的，我去问问他。"

来到驿馆，羊舌肸就去问公孙侨："我们大王梦见有个东西长得像鳖，浑身发黄，只有三条腿，这是什么东西？"公孙侨说："据我所知，有三条腿的鳖叫做'能'。当初，鲧因为治水无功，被舜杀死，并被砍下了一只脚。鲧死后化身为'黄能'。禹即位之后，将他尊奉为神，按时祭祀。晋王梦见他，或许是因为最近没有祭祀的缘故吧。"

羊舌肸将公孙侨的话转告给晋平公，晋平公立刻派人去祭祀鲧，晋平公的病也开始有所好转，于是就重重赏赐了公孙侨。公孙侨临走之前，偷偷地对羊舌肸说："晋王不体恤百姓疾苦，效仿楚国的奢侈，他的心思不正，所以才引发疾病，我之所以那么说，只不过是为了宽解他而已。"

后来，有人在山下听到好几个人聚在一起谈论晋国的事情，走近一看，却只看见十多个石块，并没有一个人。转身离开后，又有声音传来，仔细一看，才知道声音是从石头里传出的。那人大吃一惊，赶忙向当地人询问。当地人说："我们早就听到了，但是因为这件事情太怪了，所以没敢张扬。"这件事传到晋平公耳朵里。晋平公问师旷："石头怎么能说话呢？"师旷回答说："石头本身不能说话，是有鬼神寄身在上面说的。大王您劳民伤财地修建宫殿，百姓怨恨，怨气集结到鬼神身上，所以才借石头表达出来。"晋平公听了，没有说什么。师旷退出来后，对羊舌肸说："神怒民怨，大王恐怕命不久矣。奢侈浪费是从楚国传来的，楚国国君的灾祸也应该不远了。"一个多月后，晋平公旧病复发，一病不起，最后就病死了。

从建虒祁宫到晋平公去世，不到三年的时间，而这三年之中，晋平公也都是处在病痛之中。他不顾百姓疾苦，最终也没有享受到快乐。

楚灵王挟诈灭陈蔡

话说陈哀公有三个儿子，长子叫公子偃师，已经被立为世子，次子公子留，三子公子胜。陈哀公十分宠爱公子留，但是已经立公子偃师为世子，也不能无缘无故地废除掉，于是，陈哀公让他的弟弟公子招做公子留的太傅，让公子过做少傅，并嘱咐他们说："以后让公子偃师传位给公子留。"

后来，陈哀公病重，公子招就对公子过说："公子偃师的儿子公孙吴已经长大了，以后公子偃师肯定会把王位传给公孙吴，到时候我们就无法完成大王的嘱托了。现如今大王又重病在床，朝中的大事由你我二人掌控，趁着大王还在，我们不如假传君命，杀掉公子偃师，立公子留为王，这样就万无一失了。”

公子过同意了公子招的建议，就把大夫陈孔奂召来一起商量。陈孔奂说：“公子偃师每天多次到大王寝宫问安，想要假传君命是不太可能的。不如我们在宫巷里埋下伏兵，等他出入的时候杀掉他。”商量好之后，陈孔奂就召来大力士，混到宫中，趁公子偃师问安回来的途中杀掉了他。公子招和公子过假装着很吃惊的样子，一边让人去搜贼人，一边说：“大王病重，应该立次子公子留为君王。”陈哀公听说宫廷中发生变故，怨愤懊恼着死去了。

公子招让公子留主丧即位，同时派人去楚国报告丧事。此时，楚灵王正因为章华宫建成之后来祝贺的诸侯很少，晋国虒祁宫建成之后前去祝贺的诸侯很多这件事情而不高兴，正和大臣们商议去攻打中原国家，听到陈国派人来说陈哀公去世，已经立公子留为君王。

因为之前已经立公子偃师为世子，陈哀公去世，理应由公子偃师继承王位，但继位的却是公子留，不知道公子偃师到哪里去了。楚灵王正在为这件事纳闷，又有人来报说陈国的公子胜和他的侄儿公孙吴前来求见，楚灵王就让他们进来。两人一见楚灵王，就拜倒在地，公子胜哭着说：“我的兄长公子偃师被公子招和公子过设计谋害，父亲死后，他们擅自立公子留为君王，我们担心被他们谋害，所以才来到楚国，希望您能帮助我们。”楚国大夫伍举说：“大王不是正想去攻打中原国家吗？正好借这个机会名正言顺地去讨伐公子招、公子过，等平定了陈国之后，再去攻打蔡国，就可以树立楚国的威信了。”于是楚灵王就率领军队攻打陈国。公子留听说楚国要来攻打，慌忙逃到郑国去了，有人劝公子招也赶紧逃走，但是公子招说：“楚军来了，我自有计策使他们退兵。”

楚灵王率领着军队浩浩荡荡地来到陈国，陈国百姓都对公子偃师的死十分惋惜，当看见公孙吴在楚国军队中，知道他们是来讨伐公子招等人的时候，都纷纷前来欢迎楚军的到来。

公子招见情势危急，就让人把公子过请来商议。公子过来了之后，问："你曾说过有计策使楚军退兵，到底是什么计策啊？"公子招说："想要使楚军退兵，只需要一件东西，我正好要向你借借。"公子过疑惑地说："什么东西？"公子招说："你的人头。"公子过一听这话，大吃一惊，起身就要逃走，但是公子招已经让左右两边的人把他打倒在地，又拔出剑来割下了公子过的人头，亲自到楚军营中拜见楚灵王。

见到楚灵王后，公子招拜倒在地说："当初杀掉世子立公子留为王，都是公子过做的。现在您亲自过来，有了您做后盾，我才敢把他杀掉，希望大王能赦免我不明事理的罪过。"楚灵王听公子招说的言辞卑逊，心里已经原谅了他。公子招又跪着走到楚灵王面前，靠近楚灵王说："当初楚庄王平定了陈国内乱，将陈设为县，后来又分封为陈国，最终功亏一篑。现在公子留出逃到郑国，陈国无主，希望大王将陈国收为郡县，不要再分封给其他姓氏的人了。"楚灵王听了大喜，说："这正合我的心意，你先回去吧，给我打扫好宫殿，等着我去。"公子招叩谢离开。

公子胜听说楚灵王放公子招回国，就又来哭着对楚灵王说："这些谋反的阴谋都是公子招出的主意，临时行事的时候才让大夫陈孔奂去做。现在他把罪过都推到公子过身上，好让自己解脱，先王在地下一定不能瞑目。"说完，就痛哭了一场，整个楚军都被他感动。楚灵王安慰他说："你不要悲伤，我自有分寸。"

第二天，公子招准备好车马，来迎接楚灵王入城。楚灵王坐在朝堂上，陈国的百官都来参拜。楚灵王将陈孔奂叫到跟前，责备他说："你杀害世子，不杀掉你不足以平民愤。”说着，就让人把陈孔奂拉出去斩了。又把公子招叫来说：“我本来是想要饶你一命，但是百姓们不愿意，如今我放你一条生路，你就带着全家到东海去吧。”公子招仓皇拜谢离开。

一切安置妥当之后，公子胜带着公孙吴前来拜谢楚灵王，楚灵王对公孙吴说：“本来应该让你来继承王位的，但是公子招、公子过的党羽还有很多，我担心你的安全问题，不如你先和我一块回楚国吧。”于是，就让人捣毁了陈国宗庙，将陈国改为陈县。

楚灵王从陈国回来之后，休养生息了一年的时间，就准备去攻打蔡国。大夫伍举说：“蔡国君王作恶很长时间了，已经说不清他的罪过。如果就这样前去讨伐，可能他们会用尽言辞来洗脱罪名，我们不如把他引诱过来杀掉。”楚灵王听从了伍举的建议，就假说要去四方巡视，将驻军在申地，又派人到蔡国，让蔡王到申地和楚灵王相见。

蔡王得到消息后，就准备前去申地，大夫公孙归生劝他说：“楚王为人贪婪不讲信用，如今派人前来相邀，一定是设计引诱我们。大王还是不要去的好。”蔡王说：“蔡国的土地比不过楚国的一个县，楚王召见我们，如果不去的话，楚国就会派兵攻打我们，到时候我们又怎么去抵抗呢？”公孙归生说：“如果一定要去，那就请您先立世子。”于是，蔡王就立儿子为世子，让公孙归生辅政，自己带着人去申地见楚灵王。

到了申地，楚灵王与蔡王寒暄之后，就设宴款待蔡王。酒席上，蔡王不一会儿就喝醉了，楚灵王让埋伏在周围的士兵将蔡王绑起来，此时，蔡王才酒醒过来，知道自己被绑住，就瞪着眼睛对楚灵王说：“我犯了什么罪？”楚灵王说：“你弑杀自己的父亲，悖逆天理，我是替天行道。”说完就把蔡王杀掉了。

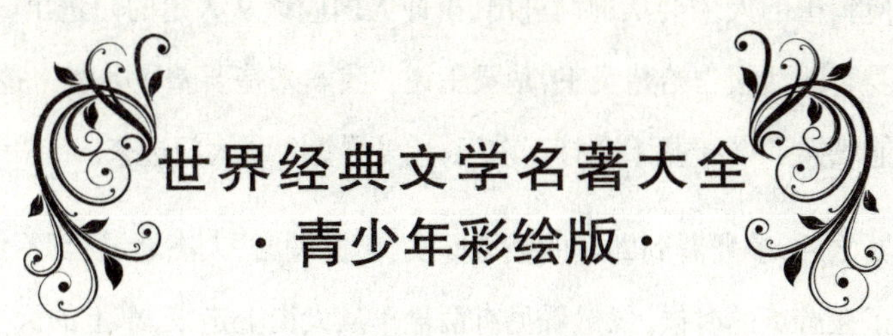

晏平仲巧辩服荆蛮

齐国大夫晏婴，字平仲，受齐景公的派遣去楚国拜访。楚灵王自恃楚国实力强大，就想要羞辱一下晏婴。他知道晏婴身材短小，就派人连夜在郢城东门旁边凿开一个五尺的小洞，并吩咐守城的士兵，等齐国使者来到的时候，让他们从小洞里进去。

晏婴穿着破旧的皮衣、乘着小马车来到楚国郢城，到了东门口，看见大门没有开，就停下来，让人去叫门。守城的士兵指着旁边的小洞说："大夫从这里进去就已经足够了，哪里还用打开城门呢？"晏婴说："这是狗洞，不是让人进出的。出使狗国的人才会从狗洞进出，出使人国应该从人走的门进出。”守城的士兵将晏婴的话报告给楚灵王，楚灵王说：“我本来是要羞辱晏婴一番，没想到反而被他戏弄了。”于是下令打开东门，让晏婴等人从大门进来。

进城之后，晏婴看到郢城的城墙坚实，市井稠密，人杰地灵，真不愧是江南胜地。正在游览的时候，忽然看见有两辆车从大街上走来，车上的武士个个身躯高大，穿着鲜明的盔甲，手里握着大弓长戟，仿佛就像是天神一般。他们是来迎接晏婴的，楚灵王故意派出这些身材高大的人，想要衬托晏婴的矮小，晏婴对前来接应他的人说：“我今天是来拜访楚国的，不是来打仗的，不用这些武士接应！”说着，让武士们退到一边，自己驾着车直接进宫去了。

快走进宫的时候，宫门口站着十多位官员，一个个都带着高高的帽子，彬彬有礼的样子。晏婴一看就知道是楚国有威望的大臣们，就赶紧下了车子，和他们一一相见。其中有位大臣先开口问：“我听说齐国是当初分封给太公的属地，兵甲可以和秦楚相抗衡，货财和鲁卫相通。为什么自从齐桓公称霸之后就祸乱不断？况且以当今齐王的志向，也不在齐桓公之下，您的贤能也不比管仲要差，君臣合力治理齐国，不说想办法重振大业，光复先人的声望，如今反而服侍大国，自比臣仆，我真是不能理解啊！”

晏婴一看，出列说话是斗韦龟之子斗成然，是楚国的郊尹，就大声地说：“识时务者为俊杰，通机变者为英豪。自从周王室朝纲不振，五霸更迭，齐、晋称霸中原，秦称霸西戎，楚称霸南蛮，既是各国才俊辈出的缘故，也是上天注定的安排。晋、秦、楚在称霸之后，各自都曾经有衰落受辱的时候，又不是单单发生在齐国。我们大王知道上天安排的运势有强弱之分，所以休养生息，等待着最好的时机。如今派我来拜访楚国，只不过是邻国之间应有的礼节而已，也是记载在王朝制度中的，又怎么能说是臣仆呢？你的祖先子文，是楚国的名臣，能够识

时通变,难道你不是他的子孙吗?”斗成然满面羞愧地退了下去。

又有一位大臣站出来说:“大丈夫匡正济世,应该有雄才大略,更应该有大气派。我看你是不是有些太过吝啬了?”晏婴一看,原来是楚国太宰,就问:“您从哪里看出来我吝啬了?”太宰说:“你侍奉一代明君,又贵为相国,应当是锦衣玉食,香车宝马,这样才能彰显出君主对你的恩赐。但是却骑着这么瘦弱的马匹来出使,难道是俸禄不够吗?我也听说,你平时穿狐裘的衣服一穿就是三十年,祭祀的时候所用的猪肘子都装不满盘子,难道说这还不够吝啬吗?”晏婴大笑着说:“你的见识真是太短浅了。我自从担任相国以来,整个家族都能锦衣玉食,那些没有官职靠我救助的人就有七十多家。我虽然简朴,但是家族兴旺,群士富足,这样来彰显齐王的恩赐不更大吗?”

晏婴的话还没说完,就又有一位大臣站出来,指着晏婴大笑说:“我听说成汤身高九尺而称王,子桑力敌万夫而被封为将军。古代的明君贤士,都是状貌魁梧,雄勇冠世,所以才能建功立业,名垂千古。你身高不足五尺,手无缚鸡之力,只凭借自己能言善辩,就觉得自己很了不起,你难道不觉得羞耻吗?”晏婴微微一笑,说:“我听说秤砣虽小,但是能压千斤;舟桨虽长,却只能划水。公孙身材高大,但却被鲁国杀掉,南宫万力大无穷最终也被宋国杀掉。我自知才疏学浅,只是有问才答,又怎么敢逞口才之能呢?”楚国大臣被说得无话可答。

不一会儿,楚灵王上殿,一看见晏婴,就问他:“齐国难道是没人了吗?”晏婴说:“齐国地大人多,呵气成云,挥汗成雨,走在路上都是肩并肩,脚挨脚,您怎么说齐国没人呢?”楚灵王说:“既然有那么多人,怎么单单派了个小人来出使我国呢?”晏婴说:“大王您不知道,我国有个传统,贤明的人要去出使贤明的国家,没有才能的人去出使没才能的国家,大人就要出使大国,小人就去出使小国。我是小人,又没有什么才能,所以才被派来出使楚国。”楚灵王听了晏婴的话十分惭愧，心里也暗暗佩服晏婴的机智。

正巧，有人进献了一筐橘子，楚灵王就赐给晏婴一枚。晏婴接过来之后就带着皮一块吃了。楚灵王大笑着说："齐国人难道没有吃过橘子吗？怎么不扒开皮吃呢？"晏婴说："我听说'受到君王的赏赐，瓜桃不能削皮，橘柑不能扒皮'，如今大王赏赐给我橘子，就像是齐王赏赐给我一样，大王没有下令让我扒皮，所以我才带着皮一块吃的。"楚灵王听了，对晏婴肃然起敬，让他坐下来，赐给他酒喝。

过了不久，武士们押着一个囚犯从殿下经过。楚灵王问："这个囚犯是哪里人啊？犯了什么罪？"武士回答："是齐国人，因为偷盗，所以被抓起来。"楚灵王就问晏婴："难道齐国人就惯于做盗贼吗？"晏婴知道这是楚灵王故意安排好的，想要借此嘲笑自己，就回答说："我听说江南盛产橘子，但是把橘树种植到江北，结出来的果实叫做枳。所以说，并不是树不一样，而是生长的环境不同造成的。齐国人在齐国的时候不做盗贼，到了楚国反而成为盗贼，这是楚国的环境造成的，和齐国没有什么关系。"楚灵王听了这话，沉默了很长时间，说："我本来是想要羞辱你的，如今反而自受其辱。"于是，命人带着厚礼送晏婴回到齐国。

齐景公嘉奖了晏婴，将他封为上相，并赐给他千金裘，还要分封晏婴属地，扩大他的住宅，都被晏婴推辞了。

一天，齐景公到晏婴家里去，看到晏婴的妻子，就对晏婴说："你的妻子又老又丑，我有个女儿，年纪轻轻，而且很漂亮，我想让她来侍奉你，怎么样啊？"晏婴说："年轻漂亮的时候去侍奉别人，就是希望年老色衰以后能有个好的依靠。我的妻子虽然又老又丑，但是我已经是她的依靠，怎么忍心背弃她呢？"齐景公感叹说："你连自己的妻子都不会背弃，更何况是自己的君王呢？"于是就更加器重晏婴了。

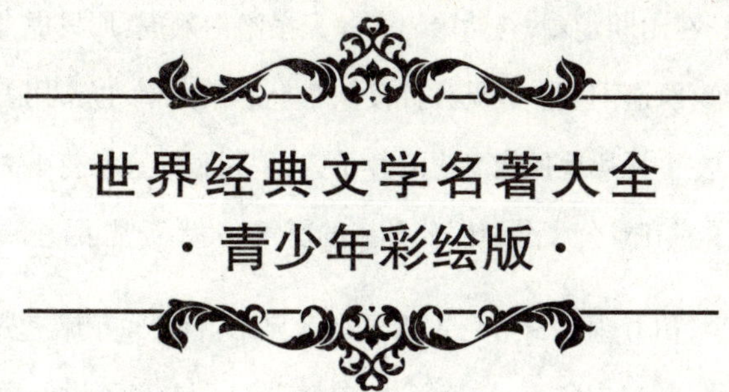

晏平仲二桃杀三士

齐景公一心想要恢复齐桓公时期的霸业，在晏婴的建议下，他抚恤百姓，减免刑罚，视察春耕，巡视秋收，百姓们都十分高兴。东方小国徐国不服从齐国，齐景公派将军田开疆去攻打，很快就打败徐国。从此之后，齐国的实力越来越强大。

齐景公嘉奖了田开疆，又因为古冶子曾经斩杀鼋而救过齐景公，也被齐景公大加赞赏。田开疆又向齐景公举荐了公孙接。那公孙接面色铁青，眼睛突出，身高一丈，力大无穷。齐景公见了之后，觉得他是个奇异的人，于是就带着他去桐山打猎。正在山间走着，忽然窜出来一只吊睛白额虎，那只虎直奔齐景公，齐景公大吃一惊，躲避不及。只见公孙接从车上一跃而下，也不用刀枪，赤手空拳地直扑过去，左手死死地抓住老虎的脖子，右手狠狠地挥拳打下去，不一会儿就把老虎打死了。齐景公十分佩服公孙接的勇气，大大赞赏了他。

从此之后，田开疆、公孙接、古冶子结为兄弟，自号“齐邦三杰”。他们仗着自己武艺高强，就口出狂言，欺凌百姓，在齐景公面前也不讲礼数，常和齐景公你我相称。齐景公因为爱才，所以对他们的行为也就容忍了。晏婴对这三个人的胡作非为十分不满，觉得他们是国家的祸患，总想着要找机会除掉他们。

一天，鲁昭公前来拜访齐景公，齐景公设宴款待他。鲁昭公由大臣叔孙婼陪同，齐景公由大臣晏婴陪同，四个人在堂上饮酒。齐邦三杰带着剑，在堂下站着，个个神气十足，目中无人。正喝得酣畅，晏婴对齐景公说：“院子里的金桃熟了，大王可以摘来和鲁王一块尝尝。”齐景公同意了，就准备宣看园的人去摘桃。晏婴说：“金桃不是一般的东西，还是让我亲自去摘吧。”晏婴拿着钥匙就去园中摘桃。齐景公对鲁昭公说：“这个金桃是先王在位的时候，有个从东海来的人进献了一枚桃核，说是叫‘万寿金桃’，是从海外得来的，也叫做‘蟠桃’。种了三十多年了，虽然枝繁叶茂，但一直是只开花不结果。今年才刚刚结了几个果子，我特别珍惜，所以就把园门锁起来了。今天，正赶上您过来，我不敢独自享用，所以就让人摘了和您一块尝尝。”鲁昭公拱手道谢。

不一会儿，晏婴就带着园吏，捧着果盘进来了。只见那果盘中堆放着六个桃子，个个都像碗那么大，又都红如炭火，香气扑鼻，看起来十分诱人。齐景公问：“只有这几个果子吗？”晏婴回答说：“还有三四个没有熟，所以只摘了这六个。”于是，齐景公就和鲁昭公一人吃了一个，又赏赐给叔孙婼和晏婴一人一个。

看着盘子里仅剩的两个桃子，晏婴说："大王可以传令下去，各位大臣中有认为自己功苦劳高的，可以表明功绩，如果确实是功劳显著，可以吃到桃子，也算是对他们的嘉奖。"齐景公认为这是个好主意，于是，就下令让大臣之中认为自己有功的，站出来说明，让晏婴来评判。

公孙接首先挺身而出，他站在堂下说："当初我跟随大王到桐山打猎，徒手制服老虎，保护了大王，这个功劳应该不算小吧。"晏婴说："舍身护主，功不可没！可以赏赐美酒一杯，金桃一个。"古冶子毫不示弱地站出来说："杀死老虎没什么奇怪的。我曾经在黄河杀掉鼋，才使大王转危为安，这个功劳也不小吧。"齐景公说："当时波涛汹涌，如果不是将军斩杀鼋，一定会翻船，你立下的功劳确实不小。赐给美酒金桃也是应该的。"于是，晏婴赶紧把美酒和金桃给了古冶子。

田开疆见公孙接和古冶子都有了金桃，也颇不服气地迈开大步，走上前来说："我曾经奉命去攻打徐国，斩杀名将，俘虏兵甲，其他的小国因此纷纷和齐国结盟，将大王尊奉为盟主。这个功劳难道小吗？"晏婴说："开疆辟土，这个功劳比刚才二位将军的功劳相比更胜十倍，但是现在已经没有金桃了，不如就赐给你一杯美酒，等明年再赏赐金桃吧。"齐景公也说："你的功劳最大了，但是你说得太晚了，没办法给你金桃了。"田开疆提着剑说："斩鼋打虎，只不过是寻常小事，他们凭借这种小事都能得到金桃，我跋涉千里，血战沙场，立下赫赫战功，反而不能得到金桃。在两国国君的面前受辱，被万代耻笑，还有什么面目在朝廷上立足？"说完，就拔出剑自刎而死。

公孙接见状，大吃一惊，也拔出剑来说："我等功劳微薄，田将军劳苦功高，反而没有金桃。得到桃子不知道谦让，是不廉正；看到别人死去而不跟随，是不勇敢。"说完，也自杀了。古冶子大声说："我们三人结拜为兄弟，发誓同生共死，现在他们两个已经死了，我怎么能独自苟活于世？"说完，也拔出剑自杀了。齐景公想要阻止的时候已经来不及了。

鲁昭公见状，立刻站起来说："我听说齐邦三杰勇猛无比，如今却都死掉了，真是可惜啊！"齐景公听了，沉默不语，心里有些不高兴。晏婴从容地说："这些人都是我们国家的一些武夫，只不过有些微小的功劳，何足挂齿？"鲁昭公问："那像这样勇猛的人还有多少呢？"晏婴说："出谋划策，治理国家的良臣将相有十多个，像这样勇猛的更不在话下。"听了这些，齐景公才又稍微觉得心里好受点。

后来，晏婴向齐景公举荐了田穰苴做将军，田穰苴文才武略都颇为出众。自此之后，齐景公文有晏婴，武有田穰苴，齐国的实力更加强大，其他的诸侯国也都对齐国畏惧三分。

伍子胥微服过昭关

伍子胥，名员，楚国监利人。身高一丈多，膀大腰圆，目光如炬，有扛鼎拔山的气魄，文才武略样样精通。他的父亲叫伍奢，哥哥叫伍尚。伍子胥和父亲、哥哥一块居住在城父。

楚国太子名叫建，楚平王任命伍奢担任太子建的太傅，任命费无忌担任少傅。费无忌善于阿谀奉承，深受楚平王的宠信。楚平王派费无忌到秦国为太子建娶亲，秦国的女子十分漂亮，费无忌立刻快马加鞭地回来向楚平王报告说："秦国的这位女子很漂亮，大王可以自己娶回来，另外再给太子娶个妻子。"于是楚平王就将那位秦国女子娶为己有，而又另外给太子建娶了个妻子。楚平王十分宠爱秦国女子，一年之后，秦国女子生下了个儿子，楚平王给他取名为轸。

费无忌因为秦国女子的事情不再侍奉太子而去侍奉楚平王。但是，他担心楚平王死后太子建即位，会因为秦国女子的事情而杀掉自己，于是费无忌就极力在楚平王面前说太子建的坏话。楚平王对太子建本来就不怎么宠爱，加上费无忌整天说太子建的坏话，楚平王就越来越疏远太子建，最后他就把太子建派到边疆去镇守城父。

后来，费无忌又在楚平王面前说："太子因为秦国女子的事情，对您充满了怨恨，听说自从去了城父，就开始统领军队，而且还和各诸侯国相结交，看来他是打算回来作乱了。"于是，楚平王就召见伍奢进行拷问。伍奢知道是费无忌在平王面前说了太子的坏话，就对平王说："大王怎么能够听信小人的谗言而离间自己的骨肉呢？"费无忌在旁边煽风点火地说："大王如果不制止他们，他们的阴谋就会得逞了，您就要被活捉了。"楚平王听信了费无忌的话，大为恼怒，就把伍奢关了起来，并派城父的司马奋扬去杀太子。还没到城父，司马奋扬就先派人去告诉太子建说："太子快逃，不然就要被杀掉了。"太子建赶忙逃到了宋国。

费无忌对平王说："伍奢有两个儿子，都是贤能的人，不杀掉就会成为楚国的祸患。可以把他们的父亲当作人质，宣他们进宫，再把他们一块杀掉。"楚平王于是就派人把伍奢从监狱中提出来，给了他纸笔，让他写封信让他的两个儿子进宫。

伍奢知道楚平王是想用他作人质来引诱自己的儿子进宫，然后把他们都杀了，就说："我的长子伍尚为人仁厚，叫他，他肯定会来；次子伍员性情刚烈，文能安邦，武能治国，是个能成大事的人，他知道后一定不会来。"楚平王说："你只要按我说的，写封信给他们，来不来就和你没关系了。”伍奢不敢违抗君命，就写下了一封信，写完之后，楚平王立刻派人去给伍尚送信。

伍尚看到信后，心如刀割，立刻准备前去。他把信拿给伍子胥看。伍子胥说：“楚王派人来召唤我们兄弟，不是为了放了我们的父亲，而是怕有逃脱的，以后成为祸患，所以把我们的父亲当作人质，假装召见我们。我们如果去了，父子都会没命。那样的话，谁来替父亲报仇？不如逃到别的国家，借别国的力量来为父亲报仇雪恨。如果都死了一点意义也没有！”伍尚说：“你说的只不过是猜想的，万一父亲真的让我们过去，那岂不是违抗父命了吗？父子之情，恩在其中，即便是为父亲死了，也是值得的。我的才智远远比不上你，我去楚国复命，你到其他的国家去吧。我跟随父亲去死，你将来要为我们报仇。”说完，伍尚就和伍子胥永别，去见了楚平王。楚平王把伍奢、伍尚押到街头处斩，并四处张贴告示捉拿伍子胥。

伍子胥出逃之后，一路沿江东下，准备去吴国，但后来听说太子建在宋国，就去那里追随他。到了宋国之后，正赶上宋国发生内乱，于是就和太子建一块又逃到郑国。郑国人对他们很好。后来，晋顷公想让太子建做他的内应，事情还没开始就败露了，郑国就想要杀掉太子建，伍子胥就和太子建的儿子胜准备逃到吴国。

伍子胥和公子胜一路昼伏夜行，历尽千辛万苦，心想只要过了昭关就可以顺利到达吴国，谁知快到昭关的时候，只见有重兵在那里把守，对过往行人盘查得十分仔细，伍子胥和公子胜在附近的树林中休息，进退两难。

忽然，有个老人拄着拐杖走到伍子胥跟前，说：“你是姓伍吧？”伍子胥大吃一惊说：“你问这个干什么？”老人说：“我是扁鹊的弟子东皋公，年轻的时候以医术游历各国,现在年纪大了就隐居在这里。之前我看到张贴的告示上的画像和你非常相似,所以就问问。我的家就在附近,不妨到家里细谈。”伍子胥看他的样子,知道他不是一般人,就和公子胜跟着他回了家。

到家之后,东皋公让伍子胥上座,伍子胥指着公子胜说:“有小主人在此,我不敢上座。”东皋公就问:“他是谁?”伍子胥就把实情告诉了东皋公,并跪下说:“希望您能帮助我们脱身,日后我们一定会好好地报答您的。”东皋公说:“这里比较偏僻,你先在这里住上几天,让我想想主意,送你们出关。

东皋公每天用酒食款待伍子胥,一连好几天也没有提出关的事情。于是,伍子胥就对东皋公说:“我有深仇大恨在身,在这里简直是度日如年,希望您能尽快帮我出关。”东皋公说:“这件事我已经想好了计策,只是现在需要等一个人来。”当天夜里,伍子胥辗转反侧,睡不着觉,想要和东皋公告别离开,又担心出不了关,反而给东皋公带来灾祸。就这样翻来覆去,起身在屋子里来回转,不知不觉天已经亮了。

早晨,东皋公见到伍子胥,大吃一惊,说:“你的头发和胡须怎么全白了?难道是过于发愁导致的吗?”伍子胥还不相信,拿来镜子一照,果然双鬓斑白。他把镜子扔到地上,痛哭着说:“天哪,我伍子胥一事无成就已经白了发。”东皋公安慰他说:“你不要悲伤,这或许是件好事。”伍子胥擦擦眼泪说:“这怎么会是好事?”东皋公说:“你状貌雄伟,很容易就能被人认出来,如今头发和胡须都变白了,一时之间就不好辨认,说不定就能蒙混过关。我有个朋友名叫皇甫讷,他和您的身形相似,这些天我一直在等他,如今他已经来到了。我想让他装扮成您的样子,您做他的仆人,如果他被抓了,你就可以趁乱出关。”

伍子胥说:“您的计策虽然很好,但是连累您的朋友,我实在是心不安啊!”

东皋公说:“这个你不必担心,我自有办法去救他,我已经和他说好了,你就不用多虑了。”

第二天,伍子胥和公子胜跟随着皇甫讷一块来到昭关,守关的将领薳越看到皇甫讷和画像上的非常像,就下令将他捉拿起来。百姓们听说捉住了伍子胥,都围观过来,守关的将士一听已经捉住了伍子胥,对来往的行人也没有心思仔细查看了,再加上伍子胥的须发尽白,样貌与之前有所不同,所以没人注意到伍子胥。于是,伍子胥就带着公子胜,夹在众人中,趁乱出了昭关。

再说薳越捉住“伍子胥”之后,本想到大王面前请功,就对他严刑拷打,但是这个被抓的人一个劲儿地喊冤枉。薳越仔细看了看,也觉得他和伍子胥有些不太一样,正在疑惑的时候,只听有人来报说东皋公求见。于是,薳越赶紧将东皋公请进来。东皋公进来后说:“我刚想出关去游玩,听说你捉到了罪臣伍子胥,所以特地来向你祝贺。”薳越说:“我是捉到了一个长得像伍子胥的人,但他始终不承认。”

东皋公说:“你和伍子胥同朝为官,难道还辨别不出来真假吗?”薳越说:“伍子胥的目光如炬,声如洪钟,但是这个人的眼睛很小,声音也很细,我怀疑是不是最近出逃导致太憔悴了,所以才和之前有所不同。”东皋公说:“我和伍子胥也有过一面之缘,不如让我看看。”于是,薳越就让人把“伍子胥“带上来。那人一见东皋公就大声说:“咱俩说好一块出关,你怎么不早来?害得我在这里白白受苦。”东皋公笑着对薳越说:“将军抓错人了,这个是我的朋友皇甫讷,之前我们约好一块出关游玩,不想他先来到这里。如果将军不信,我们有通关文牒在这里。”说着,就拿出袖子里的通关文牒给薳越看。

薳越一看,果真是自己抓错了人,于是,就给皇甫讷道了歉,释放了他。

伍子胥复仇灭楚

伍子胥出了昭关之后，快步疾走，一直走到了鄂渚，遥望那茫茫无边的大江，波涛万顷，也没有船可以渡过去。伍子胥见前有大江阻隔，后有追兵追赶，心里十分着急。

正在这时，一个渔翁乘着船，从下游逆流而上，伍子胥心中暗喜："这是上天不绝我啊！"于是，就赶紧呼喊："快来渡我过河。"那个渔夫刚刚想收拢船只靠岸，看见有人招呼，就划了过去。伍子胥和公子胜赶紧上船，渔夫轻轻拨动船桨，就划了起来。不到一个时辰就到了大江对岸，渔夫说："我昨晚梦见有颗星星坠落到我的船上,我知道今天一定有奇异的人要坐我的船,所以就出来看看,没想到遇到了你。我看你的容貌,一定不是一般人,你能告诉我你是谁吗?”伍子胥就告诉了他实情。渔夫嗟叹不已,赶紧取出酒食好好招待了他们。

伍子胥和公子胜吃饱之后,准备离开。临行前,伍子胥解下他的剑,对渔夫说:“这是先王赏赐给我祖父的,已经三代了。中间有七颗星,值一百两黄金,我想用这个来报答您。”渔夫说:“楚国法令规定捉到伍子胥的人赏赐五万石粟,封为上卿,那些赏赐我都不稀罕,更何况是你这个区区百两的宝剑。君子无剑不游,这是你必备的东西,对我来说没什么用处。”渔夫最终也没有接受伍子胥的剑,伍子胥再三拜谢之后就离开了。

伍子胥到了吴国之后,正赶上吴楚两国交战。吴国派遣公子光攻打楚国,公子光率领军队攻占了钟离、居巢两地之后回来。伍子胥对吴王说:“现在正是攻破楚国的好时机,希望您再派公子光出兵。”公子光对吴王说:“伍子胥的父亲和哥哥都是被楚国杀害的,他之所以劝您攻打楚国,主要是想替自己报仇。现在这个时候,我们不可能一举攻破楚国。”伍子胥知道公子光有杀掉吴王自立为王的想法,还不能用对外的军事行动来说服他,于是便向公子光推荐了专诸,自己与公子胜退隐田园,到乡下种地去了。

阖闾即位后,又把伍子胥召了回来,让他参与谋划国家大事。

吴王阖闾想要攻打楚国,他问伍子胥:“现在可以攻打楚国了吗?”伍子胥回答说:“楚国将军囊瓦十分贪婪,唐国、蔡国都很痛恨他。大王如果想要攻打楚国,就一定要先得到唐国、蔡国的支持才可以。”阖闾听了之后,就派出了全部军队与唐国、蔡国联合,共同攻打楚国。

吴军与楚军在汉水两边对峙。吴王的弟弟夫概请求率兵出击,吴王不答应,夫概便率领他的五千士兵进攻楚国将军子常。子常失败后逃跑到了郑国。于是，吴国乘胜前进，打了五仗之后就逼近了郢都。己卯这天，楚昭王出逃。第二天，吴王就进入了郢都。楚昭王出逃到了云梦，受到强盗的袭击后又逃到了郧。

郧公的弟弟怀说："楚平王杀了我们的父亲，我杀了他的儿子，这不是天经地义的事吗？"但是，郧公还是不同意杀掉楚昭王。他担心怀会杀了楚昭王，就和楚昭王一块逃到了随。吴兵包围了随，并对随人说："楚国把在汉水附近的周朝子孙已经杀尽了。"随人就想把楚昭王杀掉，王子綦把楚昭王藏了起来，自己冒充楚昭王准备受死。随人占卜说把楚昭王交给吴国不吉利，于是就没交出楚昭王。

此时的楚国没有了君王，已经一片混乱。申包胥派人给伍子胥写信，希望他能放过楚国，但是伍子胥并不答应。原来，当初伍子胥和申包胥相交往，伍子胥出逃时对申包胥说："我一定会灭掉楚国。"申包胥说："我一定会保存楚国。"等到吴兵进入郢都，伍子胥没找到楚昭王，于是就掘开楚平王的墓，挖出平王的尸体，用鞭子抽打了三百下。

于是，申包胥连夜跑到秦国去求救，但是秦国不肯出兵相救。申包胥站在秦国宫殿外面，日日夜夜地哭，一直哭了七天七夜，滴水不沾，滴米未进。秦哀公听说了，怜惜他说："楚王虽然无道但是有这样的臣子，怎么能不保存楚国呢？"于是，秦哀公派出五百辆兵车去攻打吴国救援楚国，在稷打败了吴国。正赶上吴王阖闾为寻找楚昭王在楚国待得太久，阖闾的弟弟夫概偷偷地跑回吴国自立为王。阖闾听说了之后，就放弃了楚国，回来攻打他的弟弟夫概。夫概失败后逃到了楚国。

楚昭王见吴国有内乱，就又重新回到郢都，将夫概封在堂溪，夫概就被称为堂溪王。楚国又和吴国作战，打败了吴国，吴王便撤了回来。

两年之后，吴王阖闾派太子夫差率军攻打楚国攻占了番。楚国害怕吴国大军前来，就离开郢都，迁都到鄀。此时，吴国凭借着伍子胥、孙武的智谋，向西打败了强大的楚国，向北威胁到了齐国、晋国，向南征服了越国。

孙武演阵斩美姬

孙武精通谋略，智慧过人，尤其在用兵布阵方面很有才能，曾经写了十三篇兵法，但是由于没人赏识他的才能，所以他一直隐居在罗浮山东面。吴王阖闾想要出兵攻打楚国，但是担心楚国兵多将广，不是对手，伍子胥向吴王举荐了孙武，吴王立刻派人去找孙武。

孙武来到吴国宫殿之后，吴王亲自走下台阶去迎接他。孙武将他所写的十三篇兵法献给吴王，吴王让人大声朗读出来，每读完一篇，吴王就称赞一篇。兵法读完之后，吴王说："这些兵法简直是太厉害了。但是吴国国小兵弱，怎样才能展示兵法的威力呢?”孙武说:“我这个兵法不但可以在军队中应用,也可以训练妇人女子。通过这个兵法我可以让她们服从命令,听从指挥。”吴王笑着说:“你说这些话似乎有些不切实际,哪能让妇人女子像士兵一样听从指挥的?”孙武说:“如果大王不信,那就让您后宫中的侍女们试试,如果训练不好,我甘愿受欺君之罪的处罚。”

吴王召集后宫侍女三百人,让孙武操练。孙武说:“还需要有大王的两个嫔妃担任队长,然后才可以进行训练。”于是,吴王又让他的两个嫔妃担任队长。吴王说:“这下可以了吧。”孙武说:“可以了。但是,军队中纪律严明,赏罚分明,这次训练也应该按照规定进行。请设置一个执法官,另外任命两个军吏做传达官,还要有击鼓、拿刀的士兵等站在两边。”吴王一一按照孙武的要求安排好。

孙武将侍女们分成两队,任命吴王的两个嫔妃当队长,并事先说明军法:不能走错队伍,不能大声喧哗,不能无故违反规定。一切都讲明之后,约定第二天早晨在教场集合操练。

第二天早晨,两队侍女来到教场,一个个身穿铠甲,头戴头盔,右手拿剑,左手握盾,准备停当之后,就等着孙武的口令。孙武将她们排列好阵势,让两队队长举着黄旗,侍女们分别跟在后面,孙武告诉她们要按照击鼓的声音进退左右,步伐不能有乱。之后,孙武便下令说:“第一通鼓后两队要站齐;第二通鼓后,分别向左右旋转;第三通鼓后要拔出剑,作出进攻的姿势。听到鸣金之后,便要收兵。”侍女们听完之后,都掩口嬉笑。

第一通鼓后,侍女们有的站着,有的坐下,一点也不齐。孙武说:“可能是我的法令没有讲清楚。”于是又把之前说过的规定大声说了一遍。鼓吏又敲打了一通鼓,侍女们全都站起来,但是队伍却歪歪斜斜的,大家又都笑了起来。孙武撸起袖子，亲自击鼓，又把规定说了一遍。两个嫔妃和侍女们还是大声笑。孙武大怒起来，他两只眼睛圆睁着，怒发冲冠，大声喊：“执法官在哪里？”执法官赶紧走上前。孙武说：“再三讲明军规，士兵不听，应当判处什么罪？”执法官说：“当斩。”孙武说：“那就把队长拉下去斩了吧。”左右两边的人见孙武怒气冲冲，都不敢违抗命令，将两个嫔妃绑了起来。

吴王正在看台上观看孙武操练，忽然看到他下令绑了两个嫔妃，就赶紧派人去救，并捎话说：“我已经知道你练兵的能力了，这两个嫔妃服侍我，十分合我的意，没有这两个人我就吃不下饭，睡不好觉，请赦免了她们吧。”孙武说：“既然我已经受命担任将领，将在军中，君王的命令可以不去执行。”说完就将两个队长斩首示众，然后又任命后面的人为队长，又开始用鼓声来训练她们。侍女们都吓得不得了，全都老老实实地按照之前说的规定，左右进退，回还往复，自始至终都没有人敢出一点声音。

训练完毕之后，孙武派执法官报告吴王说：“士兵已经训练好了，大王可以调用了，大王想让她们做什么都行，哪怕是赴汤蹈火都可以。”

吴王痛失两个嫔妃，心里对孙武有些怨恨，就不想再用他。伍子胥进谏说：“我听说武器是一种凶器，不是随便说说的。大王想要攻打楚国，征服天下，就必须有良将。而良将就应该拥有果敢坚韧的品质，如果不是孙武，谁还有渡过淮水、泗水的本领，谁还能征战千里？美女很容易就能得到，但是良将难求啊。如果因为两个嫔妃就放弃良将，岂不是太可惜了？”吴王听了伍子胥的劝告，醒悟过来，将孙武任命为将军。

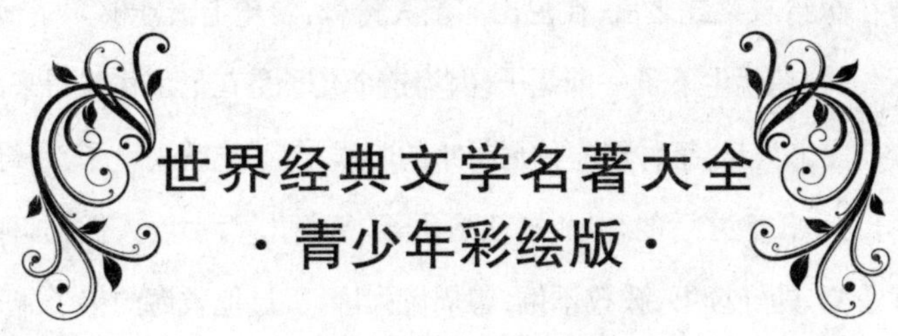

会夹谷孔子却齐

鲁国自从鲁昭公在位的时候,国家大权就被季、孟、叔三家掌握,三家各自为政,导致鲁国的内政乱成一团。

鲁国有个名叫叔梁纥的人,他曾经担任邹邑大夫。叔梁纥年纪很大了,但是只有女儿没有儿子,于是他就想娶颜氏的女儿。颜氏有五个女儿,都还没有出嫁。颜氏问女儿们:“谁想嫁给邹邑大夫啊?”其他几个女儿们都没有说话,只有小女儿徵在说:“作为女儿,在家从父,父亲怎么安排就怎么做,还问什么呢?”于是,颜氏就把徵在嫁给了叔梁纥。

徵在嫁给叔梁纥之后，在尼山向上天祷告，希望上天能够赐予他们一个儿子。不久，徵在就生下了一个儿子，因为这个儿子是在尼山祷告得来的，所以叔梁纥给他取名为丘，字仲尼。仲尼很小的时候，叔梁纥就去世了，是母亲徵在将他抚养长大。长大之后的仲尼，也就是孔子，身长九尺六寸，人们都叫他“长人”。孔子有圣德，爱好读书，孜孜不倦，曾周游列国，听过他教诲的弟子遍及天下，各国国君都听说过孔子的名字，但是因为被权贵所排挤，所以孔子始终没有得到重用。

鲁国大夫季斯听说了孔子的贤明，就把他请来，和他谈论了一整天。季斯感觉，孔子的学问就像是汪洋大海一样，看不到边际。于是，季斯就把孔子任命为中都的长官。孔子把中都治理得井井有条，四面八方的人都来向孔子学习经验。鲁定公也听说了孔子的贤明，就将孔子任命为司空。

不久，齐景公和鲁定公约定在夹谷山会面，齐景公想要借此机会和鲁国化干戈为玉帛，重新结好。鲁定公将孔子召来，让他跟随着一块去。孔子对鲁定公说：“自古以来，国君离国，身边一定要带着文臣武将，以防不测。”鲁定公听从了他的建议，任命大夫申句须为右司马，乐颀为右司马，各自率领着五百兵车，在后面跟着。

到了夹谷，齐景公已经设好了祭坛。孔子听说齐国的士兵守卫得十分严密，也命令申句须、乐颀紧跟着鲁定公。

齐国大夫黎弥以足智多谋著称，深受齐景公宠信。他对齐景公说：“齐、鲁两国之间的仇恨不是一天两天了，只因为听说孔子十分贤明，辅佐鲁定公，担心他们鲁国有一天会来攻打齐国，所以，我们才设定今天这个盟会，和鲁国结好。但是，我今天见了孔子，觉得他只不过是知道些礼仪，并没有什么勇猛的地方，也不像是懂得带兵打仗。明天盟会礼毕之后，您就假装让乐工演奏四方音乐，捉弄鲁君。我派人混在乐工中，在奏乐的时候趁机捉住鲁君和孔子，到时候鲁国君臣的命就在您的手里，任凭您处置，这不比出兵攻打要容易得多吗？”齐景公说：“这件事能不能做，还应该和晏婴商量商量吧。”黎弥说：“晏婴一向和孔子关系不错，要是他知道了，肯定就无法做成这件事了。”于是，齐景公就听从了黎弥的建议，让黎弥做好准备。

第二天，两国国君登上祭坛，互赠了礼物之后，齐景公对鲁定公说：“我准备了各地的音乐，请您一块欣赏欣赏吧。”于是就传令让乐工演奏。只见那些乐工拿着旌旗、矛戟、剑盾等武器，蜂拥着走上台阶，来势汹汹，鲁定公吓得脸色都变了。孔子知道其中的意思，但表现得十分镇静，一点害怕的意思也没有，他走到齐景公面前说：“今天两国国君会盟，应当按照中原的礼仪，怎么能演奏各地的音乐呢？”晏婴也在旁边说：“孔子说得对，应当用正礼。”齐景公只好让乐工们退下。黎弥在祭坛下已经准备好，只等着乐工们动手，见齐景公将乐工退了出来，就召集本国的优人，吩咐他们表演一些嘲笑鲁定公的节目。

孔子一看，优人们表演的都是些侮辱鲁国的节目，就提着剑，怒睁着双眼，对齐景公说：“这些人胆敢戏弄诸侯，应当处斩，还请大王让齐国司马把他们杀掉。”齐景公不吭声，优人们还是继续表演。孔子说：“既然两国已经结好，就是兄弟了，鲁国的司马也就是齐国的司马。”说着，便举起袖子，对着祭坛下面大声喊：“申句须、乐颀！”两人立刻飞奔过来，将表演节目的优人队长的头砍下，其他的人见状都吓得四散逃走。齐景公也被吓了一跳，鲁定公随即起身告辞。黎弥本来还想去截住鲁定公，但是，一来见孔子手段高明，二来申句须、乐颀在旁边守护，三来打探到鲁国已在十里之外驻扎军队，所以就没敢冲上来。

齐景公回去之后，责备黎弥说：“孔子辅佐鲁君，行的都是古人的正道，而你却偏偏让我用一些夷狄的礼俗来接待。我本来是想和鲁国修复关系的，这下两国又成了仇国了。”黎弥自知犯了错，在一旁一句话也不敢说。晏婴说：“不如我们将之前占领鲁国的土地归还给他们，来表示我们的歉意，这样的话还能巩固齐、鲁两国的关系。”齐景公一听这个主意很好，就归还了占领的鲁国土地。

后来，晏婴去世，齐国没有才能出众的人辅佐，而鲁国在孔子的治理下越来越强大。齐景公担心鲁国强大了之后，齐国就会受制于鲁国，于是就送给鲁定公八十位美女，鲁定公十分高兴，每天和这些美女嬉戏游乐，渐渐荒废了朝政。孔子多次劝谏都没有用，不得已只好离开了鲁国。

孔子带着弟子们周游列国，推行自己“以德治国”的思想，但是，各诸侯国都忙着打仗，根本就没有人采纳孔子的主张。最后，孔子只好回到鲁国，致力于教育和整理古籍，他被后世尊称为“圣人”。

越王勾践卧薪尝胆

伍子胥辅佐吴王阖闾打败楚国之后，各诸侯国对吴国就有些惧怕，吴王阖闾因此也有些骄傲自满，他让人建造长乐宫，开始游玩享乐，不理政事。

后来，越王允常去世，吴王阖闾趁机攻打越国，结果兵败受重伤。临死前，他对夫差说："你千万不要忘了对越国的仇恨，一定要为我报仇啊。"夫差哭泣着发誓说："我不会忘的。"于是，夫差在继位之后，大力练兵，三年之后，攻打越国，越王勾践被打败逃走。夫差又派人去追赶，一直把勾践逼退在会稽山上。

吴军一个劲地攻打，勾践步步退让，形势十分危急。大夫文种说："现在情况危急，如果我们向吴国请求议和，说不定还来得及。”勾践说：“如果吴王不答应该怎么办呢？”文种说：“吴国太宰伯嚭贪财好色，和伍子胥同朝为官，但两人的志趣不合。吴王十分宠信伯嚭。如果我们暗中去和伯嚭结交，得到他的帮助，让他在吴王面前为我们说话，吴王一定会听的。到时候，即便是伍子胥阻止也没用。”于是，勾践就让文种带着美女、财物前去求见太宰伯嚭。

伯嚭接受了文种送来的财物美女，第二天就带着文种去面见吴王夫差。文种十分谦卑，他跪着走到夫差面前，叩头说：“我们大王请求成为您的臣子，他的妻妾请求成为您的姬妾，越国所有的珍玩宝物都可以进献给吴国，只希望大王赦免了越国的罪过。况且，您赦免越国能够让您获利显名，是一举两得的事情。如果您一定要对越国斩尽杀绝，那勾践就会杀掉他的妻儿，烧掉宝器，率领五千士兵与您决一死战，到时候您也会付出相当的代价。”

夫差问：“如果你们大王成为我的臣子，他能到吴国来侍奉我吗？”文种叩头说：“既然是您的臣子，当然在您身边侍奉。”伯嚭也在一旁说：“越王已经心甘情愿地成为您的臣子，如果您赦免了他，对吴国来说是有利的。”吴王听了伯嚭的劝说，就想要答应。这时，伍子胥怒气冲冲地走进来，说：“大王不要答应他们。吴国和越国相邻，势不两立，如果吴国不灭掉越国，将来越国一定会灭掉吴国。况且大王与越国有着深仇大恨，不灭掉越国，怎么对得起当初发下的誓言？”但是夫差根本就不听伍子胥的劝告，最终赦免了勾践，将吴军撤了回来。

勾践和夫人在吴国待了三年，这三年中，他们住在吴王阖闾坟墓旁边的石屋里，穿着破旧的衣服，常常吃不饱，穿不暖，面容憔悴。但是夫差派人暗中观察他们，发现他们一点怨恨也没有，也从来没有愁叹过，似乎已经把复仇归乡的事情置之度外了。

一天，夫差登上姑苏台，远远地看见勾践和他的夫人正在清扫马粪，范蠡在一旁帮忙，君臣之间、夫妻之间的礼仪一点儿也没变。夫差回过头对伯嚭说："勾践只不过是个小国的君王，范蠡也不过是个士人，但是他们却能够在这样贫困的情况下，仍然保持着君臣之间的礼仪，我真是敬佩啊。"伯嚭说："不但让人敬佩，还让人觉得可怜。"夫差说："就像你说的，我也觉得他们有些可怜，那如果他们改过自新了，就把他们赦免了怎么样呢？"伯嚭说："大王能用圣人的心思可怜孤穷的人，您对越国这么大的恩情，他们一定会报答您的。"夫差说："那就选个好日子，让他们回去吧。"虽然伍子胥再三阻止，但夫差还是把勾践放了回去。

勾践回到越国后就开始苦心谋划报复吴国。他每天夜以继日地辛苦劳作，冬天抱冰，夏天握火，睡在柴火堆里，从来不盖被子，还在在自己的座位旁挂上苦胆，时常仰起头尝尝苦胆，告诫自己不要忘了会稽之耻。勾践宽抚百姓，七年不收百姓赋税，每个月都派人去吴国请安问候，还向吴国进献财物。夫差十分高兴，以为勾践真的臣服于吴国了。勾践帮助夫差建造了姑苏台，并向夫差进献了美女西施，从此之后，夫差沉溺于酒色，整天饮酒作乐。

后来，夫差派兵攻打齐国，越国也出兵相助。伍子胥进谏，力劝夫差先除掉勾践，但是夫差不听。伯嚭在吴王面前挑拨离间，说伍子胥的坏话，吴王听信谗言，下令赐死伍子胥，让太宰伯嚭执掌政事。勾践见夫差将伍子胥杀掉，心里越发想要攻打吴国，日夜加紧练兵，但是夫差一点儿也没察觉到。

吴国太子友想要劝谏父亲，但是又担心父亲不听，于是就想了个办法。一天，太子友拿着弓箭从花园里回来，全身都湿透了，夫差见了就问他是怎么回事。太子友说："我今天早晨在花园里游玩，听见有秋蝉在鸣叫，就仔细看了看。那只秋蝉只顾在树上鸣叫，却不知道身后有只螳螂正沿着树枝爬过来想要吃掉它。而那只螳螂也只顾捕捉秋蝉,却没注意到一只黄雀在树丛中飞来飞去,正要吃掉它呢。黄雀一心要吃螳螂,也没看见我在拿着弓箭要射它,而我只顾着射黄雀,没注意脚下有个大坑,一下子就失足掉了下去,所以才弄得全身都湿透了。"

夫差说:"只顾贪图眼前的利益,不知道身后的祸患,天下没有比这更愚蠢的事情了。"太子友说:"不,天下还有比这更愚蠢的事情呢。当初齐国攻打鲁国,以为鲁国唾手可得,却没料到吴国会出兵;吴国打败齐国,以为就拥有了齐国,却没想到越国正在谋划着攻打吴国呢。天下没有比这更愚蠢的事情了。"夫差一听这话,大怒着说:"你难道也想阻止我吗?不必多说,我不会听的。"太子友只好退了出去。

夫差带领着吴国精锐部队,和各诸侯约定在黄池相见,想要和晋国争夺霸主地位。勾践听说夫差已经出境,就和范蠡商量着去攻打吴国,很快就把吴国攻破。夫差在黄池听说吴军被越国打败,连忙率军队回来救援。可是,吴军长途跋涉,来回奔波,根本就不是越国的对手,越国轻而易举地就将吴国打败,并且包围了吴国都城,将吴王围困在姑苏山上。

于是,吴王派遣王孙骆去向勾践求和。王孙骆袒露着胸脯,跪着求见勾践,希望勾践能看在当初夫差赦免过他的分上,放过吴国。勾践不忍心,就想要赦免了吴王。范蠡说:"大王您早上朝晚罢朝,不就是为了报复吴国吗?谋划报复吴国已经二十年的时间了,现在马上就要成功了,怎么能放弃呢?"于是,勾践就没有答应议和。

勾践派兵攻打吴军,夫差见已经无路可退,叹息了几声,哭泣着说:"当初我杀掉忠臣伍子胥,如果他地下有知,我真没脸去见他啊!"说完,就拔剑自杀了。

豫让击衣报襄子

豫让，姓姬，晋国人，是晋卿智伯的家臣。后来，赵、韩、魏三家共同灭掉了智氏。豫让在石室山，他听说了这件事，就哭泣着说："士为知己者死。我曾经受过智氏的恩惠，如今智氏国亡族灭，我如果在这个世上偷偷地活着，还算是人吗？"于是就改名换姓，准备去为智氏报仇。

豫让假装成受过刑罚的人，怀揣着匕首，藏到赵襄子的厕所里，想要等赵襄子上厕所的时候，趁机杀掉他。但是，赵襄子走到厕所的时候，忽然觉得心悸，感觉不对头，于是就让人搜查厕所，把豫让搜了出来。士兵们将豫让带到赵襄子面前。赵襄子问他:“你身上带着武器,难道是想要行刺我吗?”豫让一脸正色地说:“我是智氏的家臣,想要替智氏报仇。”身边的人都说豫让罪该处死,但是,赵襄子说:“智伯死后没有后人,他能够想要为智伯报仇,是个忠义之士。杀掉忠义之士不吉利。”于是就把豫让放回家。

临行前,赵襄子对豫让说:“今天我放了你,你能放弃之前的恩怨吗?”豫让说:“你释放了我,是你对我的恩惠,但是我报仇是为了我的忠义。”身边的人都说:“这个人不讲礼数,放了之后肯定会成为后患。”赵襄子说:“我已经答应释放他了,怎么能出尔反尔呢?以后小心一些吧。”当天,赵襄子就回到晋阳,想要躲避豫让。

豫让回到家中之后,整天想着如何报仇,但一直也没有好的机会。他的妻子劝他再到韩、魏等国去谋求富贵。豫让大怒,甩甩衣袖就出去了。豫让想要到晋阳去,但是又担心自己会被认出来,于是,豫让就剪去头发胡须,全身涂上漆,把皮肤弄得像是癞疮,在街市上乞讨。他的妻子见他出门很长时间也没回来,就去街市上寻找。在街市上听到豫让乞讨的声音,大吃一惊,说:“这是我丈夫的声音啊。”走近一看,说:“这个声音很像,但是长得却不像。”于是,妻子就回去了。豫让一看自己的声音还是有可能被听出来,就吞下炭火,使声音变得嘶哑。当他的妻子再来寻找的时候,即便是听到豫让的声音也没有认出来。

豫让有个朋友知道他的志向,在街市上看到有人乞讨,心里怀疑是豫让,就小声地叫了他一声,一看果然是豫让,就把他请到家里。朋友对豫让说:“你报仇的信念是坚定的,但是却没有找到报仇的方法。就凭你的才能,假如委身侍奉赵襄子,一定会得到重用。到时候,你再趁机杀掉他就会很容易,何必弄到毁形灭性的地步呢?”豫让说:“我如果侍奉赵襄子,再去杀掉他,就是有二心。如今我漆身吞炭,为智氏报仇,就是想让天下有二心的人知道惭愧。”说完,就告

别友人,直奔晋阳城。在晋阳城,豫让依然在街市上乞讨,此时已经没有人能认出他来了。

赵襄子在晋阳城让人建了一座桥,取名赤桥。赤色是火的颜色,火能克水,因为晋阳常常有水灾,所以赵襄子想用这座赤桥来压制水灾。赤桥建成之后,赵襄子乘着车去观看。豫让事先知道赵襄子要来看桥,于是便带着匕首,假装成死人,藏在桥下。

赵襄子的车子快走到赤桥的时候,拉车的马忽然悲鸣起来,停滞不前,驾车的人使劲抽打都不管用。赵襄子身边的将领说:"我听说好马不会陷害主人。这匹马不肯过桥,一定是有奸细藏在桥下,一定要仔细搜搜。"于是,赵襄子就派人去搜索。士兵们回来禀报说:"桥下并没有什么奸细,只有一个死人。"赵襄子说:"刚刚建好的桥,下面怎么会有死人呢?一定是豫让吧。"便派人去把人拽了出来。虽然面貌已经改变,但是赵襄子还是一眼就认出了豫让。

赵襄子大骂说:"我之前已经放过你一次,如今你又来刺杀我,就算是上天也不能保你了。"说着,就让人把豫让拉下去斩了。豫让顿时呼天抢地,痛哭起来。士兵们问:"你难道是怕死了吗?"豫让说:"我不是怕死,我是担心我死之后就没有人来报仇了。"赵襄子听到豫让这么说,就问他:"你之前侍奉范氏,后来范氏被智伯打败,你忍辱偷生,后来侍奉智伯,而不去为范氏报仇。如今,智伯死了,你却这样急切地想为他报仇,这是为什么呢?"豫让说:"君臣之间要情投意合。君王对待臣子就像是对待亲兄弟一样,臣子就会对君王竭尽忠心;君王对待臣子就像是犬马一样,臣子就会对待君王像路人。之前,范氏对我像一般人那样,我也就像一般人那样回报他。而智伯对我十分器重,我也就应该尽力去回报他,怎么能一样呢?"

赵襄子听了很受感动，但是他说："你的心已经像铁石一样无法转动，今天我不能再把你放了。" 于是，就解下剑，让豫让自杀。豫让说："感谢您之前赦免我，我已经很知足了，今天也没指望能活着回去。但是，我的怨恨还没有消解，希望您能脱下衣服，让我击打，就当是我报了仇，这样的话，我死了也会瞑目了。"赵襄子怜悯他，就脱下衣服，交给豫让。豫让拿着剑，怒视着赵襄子的衣服，狠狠地砍了几下，说："今天我终于算是为智伯报仇了。" 说完，便自杀而死。

赵襄子见豫让已死，心里十分悲伤，让人把豫让好好埋葬了。

乐羊子怒啜中山羹

晋国东面有个名叫中山的小国，是白狄族的一支，也被称作鲜虞。晋昭公在位的时候，中山国就不服从管制，经过多次围剿，后来才同意议和，开始向晋国朝贡。等到三家分晋的时候，晋国大乱，中山国又不服从管制了。

中山国的国君姬窟十分喜欢饮酒，经常是不分白天黑夜地饮酒作乐，他还亲近小人，疏远贤臣，以致于中山国内灾祸频发，百姓们流离失所。魏文侯想要去攻打中山国，弟弟魏成说："中山国向西靠近赵国，距离魏国较远，即便是攻打下来，也不好派人去驻守。"魏文侯说："但是如果让赵国得到中山国，那赵国在北方的势力就更加强大了。”

大臣翟璜说:“我举荐一个人,他名叫乐羊,是谷邱人。这个人文武双全,可以任命他为大将军。”魏文侯问:“他有什么本事呢?”翟璜说:“乐羊曾经在路上见到金子,回去之后,他的妻子唾骂他说:‘有志的人不喝盗泉里的水,清廉的人不吃施舍来的食物。这金子不知道是什么来历,你怎么能拿回家,玷污你的德行呢?’乐羊觉得妻子的话有道理,就把金子扔掉。后来,乐羊去鲁、卫游学,过了一年回到家里,他的妻子正在织布,看到乐羊回来就问他:‘你学成了吗?’乐羊说:‘还没有。’乐羊的妻子拿出剪刀就把刚织好的布剪断了,乐羊大吃一惊,问妻子这样做的缘故。妻子说:‘学成之后才能回来,就像是这布织好之后才能做衣服。你现在还没有学成,半途而废,和这匹残断的布有什么不同,什么也做不了。’乐羊有所感悟,又重新回去学习,七年都没回来。现如今这个人就在我们国内,他不屑于担任小官,大王可以重用他。”

魏文侯准备派翟璜去迎接乐羊,其他的大臣阻止说:“听说乐羊的儿子乐舒在中山国,我们怎么能重用乐羊呢?”翟璜说:“乐舒曾经替中山国国君招纳乐羊,但是乐羊因为中山国国君昏庸无道不肯前去。大王如果肯重用乐羊,他一定会来的。”于是魏文侯答应了翟璜。

乐羊跟随翟璜来到魏国,面见魏文侯。魏文侯说:“我想要让你担当起攻打中山国的重任,但是你的儿子在中山国任职,这该怎么办呢?”乐羊说:“大丈夫建功立业,各为其主,怎么能以私情干扰公事呢?我如果攻破不了中山国,甘愿受军法处置。”魏文侯高兴地说:“太好了,既然你对自己这么有信心,我又怎么能不相信你呢?”于是,就将乐羊封为元帅,让西门豹当先锋,率领着五万兵马,前去攻打中山国。

姬窟听说魏国前来攻打中山国,就屯兵楸山抵抗魏军。乐羊将军队驻扎在文山,两军相持了一个多月,也没有分出胜负。乐羊对西门豹说:“我在大王面前立下军令状,一定要攻破中山国,如今来了一个多月却一点功劳也没立下,真是惭愧啊。我见楸山上有很多楸树,楸树易燃,如果能派人过去点燃树木,中山国的军队一定会乱成一团,到时候,我们趁乱攻打,一定会打败他们。”西门豹自告奋勇前去,乐羊在后面接应他,很快就把中山国军队打垮。

乐羊率领着军队将中山国包围,姬窟大为恼怒,不知所措。大夫公孙焦说:“乐羊是乐舒的父亲,而乐舒在我们国家任职,您可以让乐舒去劝说他的父亲退兵。”乐舒说:“我父亲当初不肯来中山国做官,现在为魏国效命,我们各为其主,我劝说他恐怕是行不通的。”但是姬窟极力让乐舒去试试,乐舒不得已,只能去和父亲见面。乐羊看到乐舒,还没等乐舒开口,就责备他说:“君子不在面临危亡的国家居住,不去朝政大乱的国家做官。你贪图富贵而去中山国为官,如今,我奉大王的命令前来攻打中山国,你赶快劝你们的大王投降吧。”乐舒说:“投降不投降,由君王说了算。我这次来是希望您能暂缓攻打,让我们想想对策。”于是,乐羊答应休兵一个月。

姬窟仗着乐羊有爱子之心,只希望能这样拖延下去,一点儿也没想好该怎样应付。一个月过后,乐羊派人去取投降信,但是中山国又请求延缓,乐羊又答应了,如此三次。西门豹实在是看不下去了,就说:“元帅难道是不想攻打中山国了吗?为什么拖了这么长时间?”乐羊说:“中山国国君不体恤百姓,所以我们才来攻打他,如果攻得太急,可能会伤到百姓。我之所以一而再,再而三地同意拖延,不单单是因为父子之情,也是想借这个机会收取民心。”

魏文侯见乐羊围困了中山国,时不时地派人来问候,还想为他在都城建造府第。乐羊见魏文侯对自己如此看重,而中山国始终不肯投降,于是就决定率领大军攻打中山国。眼看中山国就要被攻破，公孙焦对姬窟说："如今情势危急，我有个计谋，可以让魏军退兵。之前乐舒多次求他的父亲乐羊暂缓进攻，乐羊都同意了，足可见他们父子情深。我们不如假装把乐舒绑在城楼上，逼乐羊退兵。"姬窟同意了公孙焦的建议。

乐舒被绑在城楼上，大声呼喊："父亲救命！"乐羊大骂说："你这个不孝的儿子，既不能帮助君主建立战功，也不能说服君主投降议和，如今还敢大呼救命吗？"说完，就要用箭射乐舒，中山国的士兵赶紧把乐舒给放下来。乐舒回来后，对姬窟说："我父亲为了国家根本就不念父子之情，他不听我的，我请求在您面前死去，以弥补我没办法退兵的罪过。"公孙焦也在一旁说："乐舒死了，我就有办法让魏军退兵了。"于是，乐舒便自刎而死。

公孙焦说："父子之情毕竟还是深厚的，如今我们把乐舒的肉做成羹汤给乐羊，乐羊见了一定伤心欲绝，无心作战，我们就趁他悲痛的时候去攻打他，或许还能取胜。"姬窟也没有什么别的好办法，于是就答应了他，派人将乐舒做成羹汤给乐羊送去，对乐羊说："我们大王因为乐将军不能让魏军退兵，所以就把他杀了，用他的肉做成羹汤给您送来。乐将军还有妻儿在城中，要是您还要进兵攻打的话，就把她们都杀了。"乐羊拿过羹汤，一饮而尽，说："谢谢你带来的羹汤，等我破城的那天再好好谢你吧。我军营中也为你们大王准备好了鼎镬。"

派去的人回来向姬窟禀报，姬窟见乐羊一点儿悲痛也没有，而且攻城攻得越来越急，担心破城被捉之后受辱，就在后宫上吊自杀了。公孙焦打开城门，投降魏军，乐羊将公孙焦的罪过一一说清后便将他处斩。安抚完百姓之后，乐羊让西门豹带兵驻守，自己便带着缴获的中山国财物回魏国了。

西门豹乔送河伯妇

魏文侯在位的时候,任命西门豹为邺县太守。西门豹到了邺县之后,看到里巷萧条颓败,人烟稀少,于是就召集那些年高德重的人前来询问。那些人说:“百姓们最苦的是给河神娶妻,也因为这个缘故,百姓们都贫困不堪。”西门豹说:“这可真是怪事了,河神怎么娶妻呢?你们快给我仔细说说。”

原来,漳河水从沾岭发源来,沿沙城向东流淌,经过邺县,人们都传说漳河里有河神。这个河神爱好美色,每年都要娶个夫人,如果按时给河神娶妻,他就能保佑邺县风调雨顺,庄稼丰收。不然的话,河神发起怒来,就会导致洪水泛滥,冲毁田地,淹没村庄。西门豹问:“这件事情是谁最先说起的?”百姓们说:“是县里的巫婆们说的。我们平日里最担心的就是水灾,所以也就都听信了。每年,邺县的三老、廷掾征收百姓的赋税,收来的钱有数百万,他们就用其中的二三十万来给河神娶妻,剩余的钱就和庙祝、巫婆一起分了拿回家去。”

西门豹问:“他们把钱都分了,你们就没有什么怨言吗?”百姓们说:“巫婆主管向河神祷告的事情,廷掾负责征收赋税,他们四处奔走,我们也就不敢说什么。但是,最让人痛苦的是,每年春天,巫婆就四处寻访女孩,看到漂亮的女孩,就说应该给河神做夫人。有钱的人家还能用钱财买通巫婆,让别的女孩代替,没钱的人家就只好把女儿给他。巫婆们在河边盖起了房子,挂上红帷帐,让女孩斋戒沐浴,穿上新缝制的丝绸衣服。然后卜算一个良辰吉日,就让女孩坐在小船上,漂浮在河上,漂浮几十里之后就沉下去了。所以,有漂亮女孩的人家,害怕被巫婆相中嫁给河神,都带着女儿逃到远方去了。因此城里的人越来越少,生活也越来越贫困了。”

西门豹问:“那这个县城遭遇过水灾吗?”百姓们说:“幸亏每年都给河神娶妻,没有触犯到河神,也就没有发生过什么水灾。但是,因为这个县的土高路远,河水难以到达,每年倒是会有旱灾发生。”西门豹说:“既然河神这么有灵,那等到娶妻的时候也来通知我,我也去送送新娘,为百姓们祷告。”

到了那一天,百姓们果然来通知西门豹。西门豹穿戴好之后来到河边。县里的官吏、三老、豪绅以及乡间的父老百姓都来了,总共大约有两三千人。三老把巫婆带来拜见西门豹。西门豹一看,原来这个巫婆,是个年纪七十多岁的老太婆,身后还跟着十几个身穿丝绸单衣的女弟子。

西门豹对巫婆说:“麻烦你把河神的妻子带来让我看看。”巫婆就把女孩从帷帐中带出来走到西门豹面前。西门豹看了看,回过头对三老、巫婆以及百姓们说:“河神是贵神,所娶的女孩也应该才貌出众,这样才能匹配。我看这个女孩不漂亮,麻烦大巫婆进去和河神说一声,过几天换一个更漂亮的女孩给他送过去吧。”说着,就让士兵们把大巫婆抱起来扔到了河里,旁边的人都大吃一惊。过了一会儿,西门豹说:“可能是巫婆年纪太大了,去了这么长时间还没回来,让她的弟子去催催吧。”又让士兵把巫婆的一个弟子扔进了河里。过了一会儿,西门豹说:“这个弟子怎么也去了这么长时间?再让一个人去催催。”于是又把一个弟子投进河中,总共投进去三个弟子,都是扔到河里就被淹没了。西门豹说:“巫婆和她的弟子都是女子,恐怕说不明白。麻烦三老进去和河神说一下吧。”三老还想推辞,被士兵们不由分说地推到河里。

西门豹躬着身子对着河站立了很久。站在旁边的官吏、豪绅都吓得胆战心惊。大约过了一个时辰,西门豹回过头来对他们说:“三老大概是年纪太大了,也说不明白,不如让廷掾和豪绅去说说,怎么样啊?”那廷掾和豪绅个个吓得面如死灰,跪在地上磕头,都把头磕破了。西门豹说:“好吧。那就再等等吧。”

又等了一会儿,西门豹说:“这滔滔的河水,一去不复返,根本就没有什么河神,你们这些人枉杀百姓,罪该处死。”众人都磕头说:“之前都是被巫婆蛊惑欺骗,并不是我们的过错啊。”西门豹说:“既然巫婆已经死了,今后谁敢再提河神娶妻的事情,我就把他扔到河里。”于是,廷掾、豪绅将之前侵吞的财物都拿了出来,归还给百姓。那些出逃在外的百姓们也都重新回来了。

西门豹查看地形,带领百姓们开凿了十二条河渠,引漳河水浇灌农田,既减弱了漳河水的水势,又浇灌了田地。从此之后,邺县不再有旱灾,庄稼丰收,百姓安居乐业。直到现在,临漳县还有西门渠,据说就是西门豹开凿的。

吴起杀妻求将

吴起，卫国人。年轻的时候曾经学习剑法，经常耍无赖，被他的母亲责怪，吴起就把手臂咬出血，向母亲发誓说："我今天开始去游学，如果不能加官晋爵，官拜上卿，我就不会回来见您。"母亲哭泣着挽留吴起，但吴起头也不回地走了。

吴起去了鲁国，拜在孔子弟子曾参的门下。吴起每天早睡晚起，昼夜诵读，十分努力。齐国大夫田居有一次去鲁国，听说吴起十分好学，就和他谈论了很长时间。田居十分欣赏吴起的才华，就把自己的女儿嫁给了他。

吴起在曾参门下待了一年多时间，曾参知道吴起的家里还有个老母亲。有一天,曾参就问吴起:“你已经出来游学六年了,从来没见你回家乡探望你的母亲,你心安吗?”吴起说:“我曾经对我的母亲发誓,如果不能官拜上卿,就不回去见她。”曾参说:“你对别人可以发誓,对自己的母亲怎么能够起誓呢?”从此之后,曾参就有些讨厌吴起。

不久,卫国传来消息,说是吴起的母亲去世了。吴起仰天嚎哭了几下,便擦干泪水,重新研读经书。曾参生气地说:“吴起连自己母亲的丧事都不去办,是个忘本的人。水无本就会枯竭,树无本就会折断,人无本又怎么会善终?从今之后,吴起不再是我的徒弟了。”于是,吴起便放弃儒学,开始学习兵法。三年学成后,吴起就到鲁国求官。鲁国国相公仪休经常和吴起谈论兵法,他知道吴起才能出众,所以就向鲁穆公推荐,鲁穆公将吴起封为大夫。

当时,齐国国相田和想要篡权夺位,但是他担心,齐鲁两国关系很好,如果自己发动叛乱,鲁国会出兵讨伐他。于是,田和就先带兵去攻打鲁国,想要用武力使鲁国屈服。

公仪休向鲁穆公推荐用吴起去抵抗齐军。鲁穆公表面上答应了,但是却始终不肯重用吴起。等到听说齐军已经快到齐国都城了,公仪休又向鲁穆公请求任用吴起。鲁穆公说:“我也知道吴起的才能,但是他的妻子是田氏的女儿,夫妻之间的关系那么亲密,怎么能保证吴起不徇私呢?所以我一直犹豫不决。”听了这话,公仪休就退了出来。

吴起已经在公仪休的府上等候多时了,一看见公仪休回来,吴起就上前问:“齐军已经攻打过来了,大王有没有合适的人去抵抗?不是我夸海口,如果任用我做将军,我一定会打退齐军的。”公仪休说:“我也多次向大王推荐你,但是因为你的妻子是田氏的女儿,所以大王犹豫不决。”吴起说:“想要让大王不怀疑,这也好办。”说完，吴起就回了家。

到家之后，吴起问他的妻子：“为什么有了妻子就会更好一些？”妻子回答说：“有内有外，这样才是一个家。之所以说有了妻子会更好，就是说能有一个完整的家。”吴起说：“丈夫能够官拜上卿，有上万的俸禄，还能够功成名就，名流千古，这难道不是妇人们希望的吗？”妻子说：“当然是了。”吴起就说：“我有件事情想请你帮忙，希望你能帮助我成就功名。”妻子说：“我只不过是个妇道人家，怎么能帮你成就功名呢？”吴起说：“如今，齐国前来攻打鲁国，大王想要任命我为将军，但是因为你是田氏的女儿，所以大王对我有所怀疑，不敢重用我。如果我拿着你的人头去拜见大王，他一定就不会再有所怀疑，我也就可以成就功名了。”妻子一听这话，大吃一惊，刚要开口说话，就被吴起一剑砍死了。

吴起拿着妻子的头去面见鲁穆公，说：“我一直都有报国的志向，如今齐国来侵犯我国，正是我建功立业的好机会。但是因为我妻子的缘故，大王对我有所怀疑，如今我已经把她杀了，来表明我是一心一意效忠鲁国的。”鲁穆公见吴起把自己的妻子杀掉来表忠心，心里有些不高兴，就说：“那你先退下，让我再想想。”不一会儿，公仪休进见，鲁穆公说：“吴起为了能够做将军，居然把自己的妻子杀掉，这个人真是深不可测。”公仪休说：“吴起不爱他的妻子，而是爱功名，大王如果不重用他，他一定会被齐国重用的，到时候可能会更不好，您还不如重用他呢。”于是，鲁穆公就听从公仪休的建议，任命吴起为将军，让泄柳、申详为副将，率领着两万兵马，前去抵抗齐军。

吴起受命之后，就和士兵们同吃同住，睡觉时不铺席子，行军时不骑马坐车，亲自背干粮，和士兵们共担劳苦。士兵中有人生疮，吴起就用嘴为他吸脓。士兵们感激吴起的恩情，个个摩拳擦掌，愿意奋力作战。

却说田和带领着田忌、段朋率军前来攻打鲁国，听说鲁国任命吴起做将军，就笑着说：“吴起是田氏的女婿，这个人是个好色之徒，他哪里懂得领兵打仗呢？看来这次鲁国注定要失败了。”等到两军对垒时，迟迟不见吴起挑战，田和就派人暗中观察吴起。听说吴起和军队中最下层的士兵同吃同住，田和就笑着说：“将军有威严，士兵们才会敬畏，士兵们敬畏了，才能增强战斗力。吴起的这种做法怎么能服众？看来，我也不用太过担心他了。”随后，田和又派张丑假意去和吴起讲和，其实是让张丑到鲁军营中刺探军情。

张丑来到鲁军营中，吴起将精锐部队藏了起来，只让一些老弱病残的士兵出来，吴起对张丑也假装十分恭敬。张丑说：“听说将军为了能当将军，把自己的妻子都杀掉了，真有这回事吗？”吴起假装着发抖的样子，说：“我虽然没什么才能，但是也饱读诗书，拜在圣人门下学习，我怎么能做出这么不近人情的事情呢？我妻子是因病而亡的，正赶上大王任命我为将军，所以就有这些传言，你千万不要相信。”张丑说：“如果你还念着和田氏的关系，我们愿意和你讲和结盟。”吴起说：“我只不过是一介书生，怎么敢和田氏作战呢？如果真能结盟，这也是我的愿望啊。”于是，就将张丑留在军营中，痛饮了三天，没再提作战的事情。

张丑临走前，吴起再三表示愿意结盟。张丑一离开，吴起就暗中调兵遣将，分坐三路跟随张丑。张丑回到营中，告诉田和吴起的军队全是些老弱病残，而且一点战斗力也没有，根本就不用在意。正说着，就听见外面鼓声大震，鲁军已经杀了进来，田和大吃一惊，来不及穿上铠甲，也来不及套好马车，军营中已经乱作一团了。齐军被杀得遍地尸首，大败而归。鲁穆公十分高兴，将吴起封为上卿。

田和回去之后责怪张丑，张丑说：“我看见的确实是些老弱病残，谁知道吴起是在骗我。”田和感叹着说:“吴起的用兵之道,能和孙武、穰苴等人相比,此人的能力不可小觑。如果以后被鲁国重用,齐国就不会安生,一定要想办法除掉他。”于是,田和就让张丑带着两个美女和千两黄金,扮作商人,偷偷地到鲁国去送给吴起。吴起贪财好色,就接受了,并对张丑说:“你回去就对齐相国说,只要齐国不攻打鲁国,鲁国就不会攻打齐国的。”

张丑出了鲁国之后,故意把这件事情泄露出去,于是大街上便沸沸扬扬地传开了。鲁穆公听说吴起接受了齐国的贿赂,就打算将吴起削去爵位,追究责任。吴起听说了,赶紧逃到了魏国。

邹忌古琴取相

齐威王即位之后，每天沉迷于酒色，迷恋音乐，不理国政。九年之中，韩、魏、鲁、赵等国相继率兵前来攻打齐国，齐国也是屡战屡败，百姓们不得安宁。

忽然有一天，有个人前来拜见齐威王，说："我叫邹忌，善于弹琴，听说大王爱好音乐，所以特来求见。"齐威王把他召进宫，赐给他座位，并给他摆好琴。邹忌双手按住琴弦，但是却不弹。齐威王就说："听说你善于弹琴，我愿意听听你的演奏，现在你却按住琴弦不弹，难道是这把琴不好，还是我有什么地方做得不好？"邹忌站起来，一连正色地说："我知道的是琴理，至于弹琴，那是乐工们的事情，我虽然略知一二，但是不敢在大王面前献丑。”齐威王问：“琴理怎么讲呢？你给我说说吧。”

邹忌说：“琴，就是禁，也就是说要禁止淫邪，归于正道。当初伏羲做的琴长三尺六寸六分，象征着三百六十六天；宽六寸，象征着天地四方；前宽后窄，象征着尊卑有序；上圆下方，象征着效法天地；五弦，象征着五行。大弦缓慢温和，这是象征国君；小弦明快清亮，这是象征臣子。还有宫商角徵羽，象征君臣之间的关系。君臣相得益彰，政令和谐，就和弹琴是一样的道理。”

齐威王说：“你说得太好了。你既然知道琴理，就一定能够弹奏好听的曲子，希望你能为我弹一曲。”邹忌说：“我把弹琴作为重要的事情，所以能够通晓琴理；大王是以国家作为重要事情的，你怎么能不知道如何治理国家呢？如今大王拥有整个国家，但是却不好好治理，就像是我把手按在琴弦上却不弹奏一样。我按住琴弦不弹奏，只不过会让您一个人不高兴；但是您拥有整个国家却不治理，就会让百姓们不高兴。”齐威王听了这话，说：“先生用琴来向我进谏，我明白了。”于是，就把邹忌留下来，和他讨论国事。邹忌劝齐威王远离声色，辨别忠佞，安抚百姓，经营霸王之业。齐威王十分高兴，就把邹忌任命为相国。

当时有个名叫淳于髡的辩士，他见邹忌很容易就被封为相国，心里十分不服气，于是就带着徒弟去拜见邹忌。邹忌十分恭敬地接待了他。淳于髡高傲地走到屋里，直接坐在了上座，对邹忌说：“我有些愚蠢的想法想要在相国面前说说，不知道可不可以啊？”邹忌说：“我愿意听听，你说吧。”

于是，淳于髡就说：“儿子离不开母亲，妻子离不开丈夫。”邹忌说：“我愿意接受您的教诲，不会远离君王左右。”淳于髡又说：“用猪油涂抹棘木车轴，使车轴更加润滑。但车轴如果是方形的，无论怎样涂抹都不会转动。”邹忌说：“我会谨记您的教导,不敢不顺从人情。”淳于髡又说:“用胶去粘弓,有时候仍然会裂开;众流赴海,是自然而然的事情。”邹忌说:“我会谨记您的教诲,和百姓们依附在一起。”淳于髡说:“狐裘即便是破了,也不能用黄狗皮去修补。”邹忌说:“我会牢记您的教诲,谨慎地挑选贤能的人,不会让小人混杂其中。”淳于髡又说:“如果不把车子较正好,就不能正常地拉载东西;如果不把琴瑟的弦调好,就不能奏出和谐的音乐。”邹忌说:“我会谨记您的教诲,修明法令,监督奸猾的官员。”

淳于髡没再说什么就出去了。出门之后,他的徒弟问:“您刚开始见到相国的时候,那么的傲慢,为什么现在什么也没说就出来了呢?”淳于髡说:“我刚才对他说了五条隐语,他都能随口回答,理解我的意思。这个人确实是个人才,我比不上他啊。”于是,游说的人,听说了邹忌的大名,都不敢再来齐国了。

邹忌也确实按照淳于髡的话,尽心尽力地治理国家,经常四处询问下属各地邑守的贤能与否,人们都称赞阿城大夫贤能,而贬低即墨大夫,邹忌就向齐威王禀告。齐威王就派人暗中查看两人治理县邑的情况,并把两人召进宫。其他的大臣们都说:“阿城大夫今天一定会有重赏,即墨大夫的祸事就要来临了。”

齐威王对即墨大夫说:“自从我派你去治理即墨以来,每天都有毁谤你的言论。可是我派人到即墨去巡视,发现那里的田野得到了开垦,百姓们生活富裕,官府里也没有积压的政事,齐国的东方因此可以安宁。你是不想逢迎我的左右来获得赞誉啊,你才是真正的贤能。”于是,就封赏即墨大夫食邑一万户。

齐威王又将阿城大夫召来,对他说:“自从我派你去治理阿城以来,每天都能听到对你的赞誉之词。但是我派人去阿城巡视,发现那里的田野没有开垦,百姓们生活贫苦。当初赵国攻打鄄城,你没能去救援。卫国攻取薛陵的时候,你也不知道。你是通过送厚礼给我身边的人来求得赞誉啊,没有人比你更没有才能了。”就判处阿城大夫烹刑,然后又把身边总是吹捧阿城大夫贬低即墨大夫的大臣们抓起来,治了他们的罪。

于是,齐威王选贤用能,重新选派官员管理县邑,并将下邳封给了邹忌,封号为成侯。从此之后,齐国的声威震慑四方,人人都不敢文过饰非,都努力表现出忠诚。在齐威王的统治之下,齐国被治理得井井有条,各诸侯也不敢对齐国进兵。

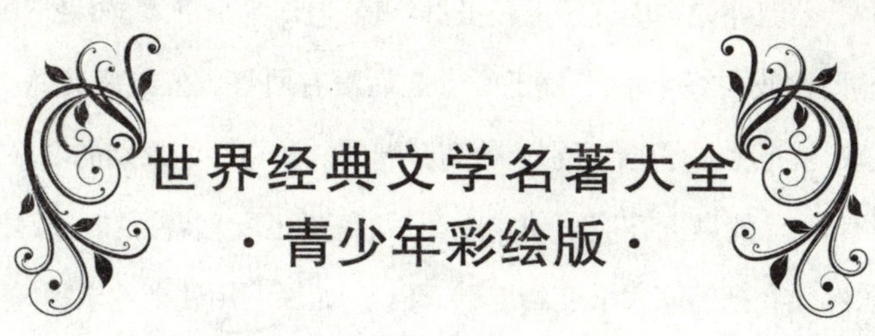

说秦君卫鞅变法

公孙鞅，卫国人，也有人称卫鞅。卫鞅喜好刑名之学，他见卫国国力衰微，不能够施展自己的才能，于是就到了魏国，想要到魏国相国田文那里谋个差事。但是，田文已经去世，公叔痤代为相国，于是，卫鞅就投在公叔痤门下。

公叔痤知道卫鞅有才能，就把他推荐为中庶子，每次有什么大事都和他商量，而卫鞅也每次都能谋划好。公叔痤十分欣赏卫鞅，就准备把他推荐给魏惠王，但是还没来得及推荐，公叔痤就生病了。一天，魏惠王亲自来探望公叔痤。魏惠王见公叔痤病重，就含着眼泪说："万一您的病好不了，那国家社稷该托付给谁啊？”公叔痤说：“中庶子卫鞅虽然年轻，但却是个奇才，如果把国家大事交给他处理，比我要好十倍。”魏王听了之后没有回答。公叔痤又说：“大王如果不用卫鞅，就把他杀了，千万别让他离开魏国。我担心如果别的国家重用他，会对魏国有害。”魏惠王答应了他。上车后，魏惠王叹息着说：“公叔痤病得太严重了，居然让我把国家大事交给卫鞅，还说‘如果不用就把他杀掉’。卫鞅有什么才能？难道公叔痤是在说胡话？”

魏惠王离开后，公叔痤把卫鞅叫到床头，说：“今天我向大王推荐了你，但大王不同意。我出于先忠君后爱臣的考虑，就告诉大王如果不重用你就把你杀掉。大王答应了我，你赶快离开吧，否则就要有灾祸了。”卫鞅说：“大王既然不听你的话重用我，又怎么会听你的话杀了我呢？”卫鞅不肯离开。大夫公子印和卫鞅关系不错，也向魏惠王推荐了他，但是魏惠王最终也没有重用卫鞅。

后来，卫鞅听说秦孝公下令在全国寻找有才能的人，于是，卫鞅就来到秦国，并通过秦孝公的宠臣景监请求拜见秦孝公。

秦孝公召见卫鞅，向他询问治国之道。卫鞅给他列举了伏羲、神农、尧舜时期的治国之道，还没说完，秦孝公就已经睡着了。第二天，景监进宫后，秦孝公生气地说：“你的客人真是个无知狂妄的家伙，他说的那些话简直不着边际，你怎么给我推荐这种人呢？”景监退朝之后，对卫鞅说：“我向大王推荐你，你怎么在他面前说些没用的话呢？”卫鞅说：“我本来是希望大王实行帝王之道，既然大王不愿意，那我就换一种。”

五天之后，景监又向秦孝公请求召见卫鞅。卫鞅见到秦孝公之后，又向他讲了一番大道理，但还是不合秦孝公的心意。卫鞅从宫里出来后，景监走上前问：“今天说得怎么样？”卫鞅说：“我对他说为王之道，还是不合他的心意。”景监说:“君王重用士人,就是希望能尽快收到成效,你让他效仿古代的帝王,他当然是不愿意了。我看你还是算了吧。”卫鞅说:“之前我没有观察大王的意思,所以没敢把话说得太直接,如果再让我见一次大王,他肯定能重用我。”

不久,景监又向秦孝公推荐了卫鞅,秦孝公就又一次召见了卫鞅。这次,卫鞅侃侃而谈改革变法富国强民的做法,秦孝公也是洗耳恭听。两人一连谈了三天三夜,也不知疲倦。于是,秦孝公就将卫鞅封为左庶长,赐给他宅邸、财物,并昭告天下:“从此之后,国家大事都要由左庶长实行,有违抗者,与抗旨同罪。”

于是,卫鞅决定实施变法,他将拟好的法令条款呈给秦孝公,秦孝公同意了。卫鞅担心百姓们不信,不按法令实施,于是就在城南门立了一根三丈长的木头,派士兵守着,下令说:“如果有人能把木头扛到北门就赏十金。”百姓们前来观看的人很多,但是都觉得这个命令很奇怪,单是扛根木头就给十两黄金,大家都不太相信,所以没有人敢扛。卫鞅以为百姓们不肯扛木头是嫌赏金太少,于是又下令说:“如果能扛的就赏给五十金。”这下百姓们就更加不相信了。有一个人站出来说:“秦国法令向来没有重赏,如今有了这个重赏的法令,一定是可以兑现的。即便给不了五十两黄金,那也应该不会太少。”于是,就把木头扛到了北门,跟在他身后的百姓们把街市围了个水泄不通,都想看看到底是怎么回事。

士兵跑去告诉了卫鞅,卫鞅就真的给了那个人五十两黄金,并说:“我一定不会失信于民的。”于是,百姓们纷纷传说左庶长言出必行。第二天卫鞅就颁布了新法令。

新法令实施后,百姓们议论纷纷,有说不好的,有说好的。卫鞅将这些议论法令的人都关押起来,说:“你们看到新颁布的法令之后,就应该奉行。那些说法令不好的人是在阻挠法令的实施，那些说好的是些谄媚之徒。这些人都不是良民。”于是就把这些人都发配到边疆去了。大夫赣龙、杜挚也因为私下里议论新法令被贬为庶民。从此之后，再没有人敢议论新法令了。

辞鬼谷孙膑下山

周朝的阳城有个地方，名叫鬼谷。那里山高林密，深不可测，居住着一个隐者，人称鬼谷子。相传鬼谷子姓王名诩，是晋国人，他居住在鬼谷，潜心修道。

鬼谷子上知天文下知地理，融合多家学问，知识渊博，他的才能无人能比。他的弟子不计其数，鬼谷子对弟子是来者不拒，去者不留。其中几个有名的弟子是：齐国人孙宾，魏国人庞涓、张仪，还有洛阳人苏秦。孙宾和庞涓结为兄弟，共同学习兵法；张仪和苏秦结为兄弟，共同学习游说。他们都各自学习一家的学问。

单说庞涓跟随鬼谷子学习兵法有三年多时间了,他自己感觉学得差不多了。有一天,他去山下提水,偶然听到路人说魏国正在用重金招纳贤才,庞涓一听就心动了。他想要辞别鬼谷子,去魏国应聘,但是又担心鬼谷子不放他走,心里一直犹豫着,不好开口。

鬼谷子看出庞涓的想法,就笑着对他说:“你的时运来了,为什么不下山去寻求富贵呢?”庞涓一听,十分高兴,就跪下来说:“我正好有这个想法,但是不知道这次出去合不合时机。”鬼谷子说:“那你就去摘一朵山花,我给你占卜一下。”于是,庞涓就下山去寻找山花。当时正是六月天,百花已经开过。庞涓左找右找,找了半天只找到一棵草花,他连根拔起,准备交给师父。但是转念一想:“这朵花质弱身微,不成大器。”于是就扔掉了。

在山里找寻了半天,庞涓也没有找到其他的花,就只好转身将之前扔掉的那棵捡了起来,藏在了袖子里。回去之后,庞涓对鬼谷子说:“山里面没有花了。”鬼谷子说:“既然没有花,那你的袖子里是什么呢?”庞涓一看瞒不了,就拿出了那棵草花。因为离开土壤,又受到了太阳照晒,这朵花已经有些枯萎了。鬼谷子说:“这朵花名叫马兜铃,一开就开十二朵,这是你荣盛的年数。从鬼谷采摘,见到阳光枯萎,鬼傍着委,看来你应该去你的家乡魏国。”庞涓心里暗暗称奇。鬼谷子又说:“但是,将来你肯定会因为欺骗别人而被别人欺骗,这一点一定要切记啊!另外,我还要给你八个字:遇羊而荣,遇马而卒。”于是,庞涓就下山了。

临行前,孙宾去送庞涓。庞涓说:“我和你结为兄弟,曾发誓同享富贵,这次出去如果我能够被重用,我一定推荐你,我们共同建功立业。如果失言,就让我死在万箭下。”孙、庞两人痛哭着告别。

回去之后,鬼谷子见孙宾脸上还有泪痕,就说:“你为庞涓的离开而伤心,那你说庞涓能成为大将吗?”孙宾说:“他承蒙先生的教诲那么长时间了,怎么不能成为大将呢?”鬼谷子说:“那可不一定啊。”孙宾大吃一惊,问为什么,但是鬼谷子没有回答他。

第二天,鬼谷子安排他的弟子们给他值宿,驱赶老鼠。轮到孙宾的时候,鬼谷子在枕头下面取出一本书,说:“这是你的祖父孙武的《兵法》十三篇。当初,你祖父把它献给吴王阖闾,阖闾用上面的计策大败楚军。后来阖闾就把兵书锁在了铁盒子里,藏在姑苏台屋楹里,后来,越国焚烧了姑苏台,从此之后,这本《兵法》就失传了。我一向和你的祖父关系不错,我从他那里得来这本书,并进行了详细的注解,行兵布阵的秘密全在里面,我没传授过任何人。我见你为人忠厚,现在就把它传给你。”

孙宾说:“我从小就失去父母,又遭逢国家内乱,所以就离开家乡,虽然听说过这本书,但从来没见过。您既然有这本书,为什么没有传给庞涓,而单单传给我?”鬼谷子说:“得到这本书的人,如果能好好学习利用,就能为天下做好事;如果不好好利用,就会成为天下一大祸害。庞涓不是好的人选,所以我没传授给他。”孙宾把兵书带回去之后,日夜诵读。三天之后,鬼谷子就向孙宾要回兵书,并逐篇考问孙宾,孙宾都能对答如流。鬼谷子高兴地说:“你这样用心,你的祖父也一定非常高兴。”

再说庞涓告别孙宾后,直奔魏国,拜见魏惠王。入朝的时候,正赶上厨房给魏惠王进献蒸羊。庞涓暗自高兴,想:“师父说我‘遇羊而荣’,看来真没说错啊。”果然,魏惠王和庞涓谈论了一番之后,觉得庞涓一表人才,才能出众,就将他封为元帅,让他掌管兵权。后来,齐国多次侵犯魏国,都被庞涓打败,于是,庞涓便居功自傲起来。

而当时，墨翟四处游览名山大川，正好路过鬼谷。他看到孙宾，经过一番交谈之后，觉得孙宾很有才能，就劝说他出去建功立业。孙宾说："我的同学庞涓已经到魏国出仕了，他答应我日后会举荐我，所以我在等他推荐。"墨翟说："那我就去魏国，看看庞涓的意图吧。"

墨翟到了魏国之后，听说庞涓自恃才能出众，大言不惭，根本就没有推荐孙宾的意思。于是，墨翟就亲自向魏惠王推荐了孙宾。魏惠王立刻召见庞涓，问："听说你的同学孙宾得到了孙武的秘传，天下无双，你为什么不向我推荐呢？"庞涓说："我不是不知道孙宾的才能，只是他是齐国人，如果来魏国做官，以后肯定先为齐国考虑再为魏国考虑，所以我才没有推荐。"魏惠王说："士为知己者死，我不会因为不是本国人就不重用的，你去替我邀请他吧。"

庞涓虽然嘴上没说什么，但是心里却想："如今魏国的兵权在我手上，如果孙宾来了，肯定会夺宠。但是魏王有命，我又不能不依，等他来了之后我再用计对付他吧。"于是，就派人带着书信前去邀请孙宾。

孙宾接到庞涓的书信，就告诉了鬼谷子。鬼谷子看信后，知道庞涓已得到重用，现在来邀请孙宾下山，但是信里却一句对师父问候的话也没有，鬼谷子就知道庞涓这个人刻薄忘本。他担心孙宾去了之后，庞涓会不容他，但是见孙宾行色匆匆，魏王又派人来请，就不好阻止。鬼谷子对孙宾说："你成就功名，最终还是在你的家乡。如今我为你改个名字，你一定要奋发图强啊。"于是，就把"宾"改为"膑"。这个"膑"是一种刑罚——刖刑（古代砍掉人膝盖骨的刑罚），鬼谷子为孙宾改名，说明他已经知道孙宾日后会受到刖刑，只是天机不能泄露而已。

孙宾临行前，鬼谷子给了他一个锦囊，并嘱咐他说："如果遇到紧急的情况，就打开锦囊。"孙宾便拜别了鬼谷子，跟随着魏国使者下山了。

孙膑庞涓斗兵法

孙膑到了魏国之后，就居住在庞涓府中。孙膑感激庞涓的举荐之恩，又向他叙述了一番鬼谷子为他改名的事情。

第二天，庞涓带着孙膑入朝拜见魏惠王，魏惠王准备任命孙膑为副帅，庞涓说："孙膑是我的同学，年纪比我大，是我的兄长，怎么能让兄长做我的副手，不如将他封为客卿，等他将来立了功，我就把爵位让给他。"于是，魏惠王就将孙膑封为客卿。实际上，客卿相当于宾客，虽然待遇和地位很高，但实际上并没有什么实权。自此之后，庞涓和孙膑的往来更加密切。

庞涓经常邀请孙膑喝酒，在酒席间庞涓向孙膑询问有关兵法的内容，孙膑从来都是知无不言，用心传授给庞涓。一次，魏惠王想要试试孙膑的才能，就在教场上让庞涓、孙膑各自摆兵布阵。庞涓布的阵法，孙膑一看就知道是什么阵法，该怎样破解。但是孙膑的阵法，庞涓却一无所知。庞涓私下里问孙膑，孙膑就告诉他说："这叫做'颠倒八门阵'，如果敌军来攻打的时候就可以变换成'长蛇阵'。"庞涓事先从孙膑那里探听到他的阵法，当魏惠王询问的时候，就说了出来。魏惠王一看，庞涓和孙膑说的一样，就觉得孙膑、庞涓两人的才能不相上下，自己有这两个大将辅佐，心里十分高兴。

庞涓回府之后，心想："孙膑的才能在我之上，如果不除掉他，以后肯定会威胁到我的地位。"于是就心生一计，想要谋害孙膑。庞涓知道孙膑从小父母双亡，又和宗族亲戚失散多年，于是，他就派人伪造了一封家书给孙膑，孙膑看到信之后，以为终于找到亲人了，就回信说："我如今已经在魏国做官，不能立刻返回家乡，等以后我建立了功业，再回去和你们团聚。"庞涓模仿孙膑的笔迹，把回信改为："我已经在魏国做官，但是心里仍然惦记着家乡，如果齐王有需要，我可以为他效命。"

庞涓拿着这封修改过的书信，向魏惠王报告说孙膑私通齐国，有谋反的心思。魏惠王就把孙膑交给庞涓处置。庞涓在孙膑面前假惺惺地说："我已经在魏王面前为你求情了，他已经答应保你性命，但是你还是要受到刖刑，这是魏国的法令，不是我不尽力啊。"孙膑不知道是庞涓在陷害他，还十分感谢他说："当初师父对我说会遇到一些小的灾难，但是不会太严重。这次多亏了贤弟的帮忙，才能保我的性命啊，你的恩情我不会忘的。"

孙膑受刑之后，双腿无力，只能天天坐着。孙膑觉得自己已经成为废人，每天接受庞涓的三餐，心里十分过意不去。庞涓求孙膑教授他孙武的《兵法》，孙膑就答应了。有个侍奉孙膑的仆人见孙膑十分可怜，就将庞涓利用他的事情告诉了他。孙膑听了大吃一惊，想要逃脱，又不知道该怎么做。忽然想起下山前，师父给的锦囊，于是就打开来看，只见上面写着“诈疯魔”三个字。孙膑会意，当天晚上，孙膑就假装疯癫，一会儿哭一会儿笑。庞涓担心他是假装疯癫，于是就把他拖到猪圈中去。猪圈里到处是猪粪，但是孙膑披头散发，倒头便躺在里面。庞涓又派人送去酒食，孙膑将酒食打翻，来人又拿起猪屎泥块给孙膑吃，孙膑拿过来就塞到嘴里。于是，庞涓才相信孙膑是真疯了，但还是派人每天盯着孙膑。

正巧，齐国派使者到魏国出使，听说了孙膑的才能，而且知道他遭人陷害，是在装疯，便偷偷地把他运出魏国，带到齐国。齐国大将田忌仰慕孙膑的才能，就把他推荐给了齐威王。齐威王想要让孙膑做官，孙膑推辞说：“我没有立过功劳，不敢接受。况且，如果让庞涓听说我在齐国，肯定会再来谋害的，还是先隐藏起来，如果有用我的地方，我一定竭尽所能。”于是，齐威王就让他住在田忌家里，把他尊奉为上客。

魏惠王废除孙膑之后，就派庞涓前去攻打赵国。赵国向齐国求救，齐威王就任命田忌为将军，孙膑为军师，率兵前去解救赵国。田忌想带兵直接去赵国邯郸，孙膑阻止他说：“赵国不是庞涓的对手，等我们到了的时候，邯郸已经被攻下了。我们将军队驻扎在半路上，就说要去攻打魏国，到时候庞涓一定会率军队回来，我们就在半路上袭击他，一定会取胜。”

果然，庞涓一听说魏国有难，就立刻率兵赶了回来，走到半路上，就被田忌率领的齐军袭击，两军交战多时，齐军诈败，庞涓率军一直追到桂陵。忽然看到齐军已摆好兵阵，正是当初孙膑的“颠倒八门阵”，庞涓心里疑惑：“这田忌怎么会知道这个阵法？莫非是孙膑已经归降齐国？”也没时间多想，庞涓赶紧布好兵阵迎敌。但齐军的阵势变化多端,最终庞涓的军队损失了两万多人,兵败而回。

后来,魏惠王派庞涓去攻打韩国,韩国也向齐国求救。齐威王又派田忌、孙膑前去营救。田忌又准备直接去韩国,孙膑说:"之前我们救赵国,没有去赵国,如今想要救韩国,也不用去韩国,我们可以直接去攻打魏国,逼迫庞涓从韩国退兵,回来救魏国。"

庞涓接连打败韩国军队,正准备进攻韩国都城,就接到齐军将要偷袭魏国的消息,于是便立刻班师回朝。孙膑听说庞涓就要来到了,就对田忌说:"这些魏兵,向来就彪悍勇猛,看不起齐军,而齐军本来就有怯懦的名声,善于用兵作战的将领就应该能够顺着事物的发展趋势加以引导,将不利的情况变得有利。我们可以假装成弱势来引诱魏军。"田忌问:"怎样引诱他们呢?"孙膑说:"我们今天挖可供十万人吃饭的灶,以后每天递减,魏军看到我们的灶越来越少,就会以为我们胆怯,他们的气势就会骄傲起来,追赶得就会更加急迫,体力也会耗费得更多,到时,我们就可以趁机攻打他们。"田忌听从了孙膑的计谋。

果然,庞涓一路走来,见齐军的灶越来越少,十分高兴,说:"我就知道齐军怯懦,刚来到我国境内三天就死亡过半了。"于是庞涓沾沾自喜,丢下他的步军,只带着精锐部队日夜兼程地前进,想要立刻把田忌捉住。孙膑计算着庞涓的行程,估计庞涓会在天黑的时候到达马陵。马陵道夹在两座山之间,地形险要,是个埋设伏兵的好地方。于是,孙膑就让人砍下路旁的树木,只留下一棵最大的树,剥去表皮,露出里面的白木,在上面写下"庞涓死于此树之下",上面横批四个大字"军师孙示"。然后,让军中善于射箭的士兵在路的两旁做好埋伏,并约定:天黑后看见大树下亮起火光就一起射箭。又让田婴率领着一部分部队做好埋伏,从后面截杀魏军。

到了晚上，庞涓果然来到了这棵大树下，他看见树上隐隐约约地刻着字，就点着火把上前观看，一看上面的字，庞涓大吃一惊说："我中了孙膑的埋伏了。"赶忙让军队撤退，但是已经来不及，齐军看到树下有火光，就万箭齐发，魏军顿时乱作一团，四处逃窜。庞涓知道自己已经智穷兵败，无计可施，就拔剑自刎。

齐军大败魏军，俘虏了魏国太子申之后回到了齐国。从此之后，孙膑名扬天下，他的兵法也流传后世。

孟尝君偷过函谷关

孟尝君，齐国人，姓田，名文。孟尝君是他死后的谥号。他的父亲是田婴。田婴还活着的时候，孟尝君就开始主持家政，他好招揽宾客，宾客们都敬慕孟尝君，从四面八方赶来投奔他。孟尝君对宾客们一视同仁，供给他们衣食，以至于后来自己都破产了。

后来，齐王派遣孟尝君到秦国去，孟尝君就带领着上千名宾客，百十辆马车，前去拜见秦王。秦王亲自迎接他，向他说明自己的仰慕之心。孟尝君有一件狐裘皮，毛有两寸长，颜色雪白，天下无双，他把这件狐裘皮作为礼物送给了秦王。秦王十分高兴。

不久,有人对秦昭王说:“孟尝君在秦国居住了这么长时间,他的宾客有上千人,已经对秦国的情况了如指掌,如果让他回到齐国,一定会成为秦国的祸害,还不如把他杀了。”秦王听信了,就把孟尝君关押起来,想要把他杀掉。情急之下,孟尝君派人到秦王的宠姬那里去求救。那个宠姬说:“我十分喜欢白色狐裘皮,听说齐国才有,如果能得到一件狐裘皮,那我就在秦王面前替你们求情。”孟尝君只有一件白色狐裘皮,来的时候已经献给秦王了。

孟尝君很发愁,问遍了宾客,谁也没有什么好办法。这时,一个坐在最下面的宾客说:“我能拿到那件白色狐裘皮。”孟尝君问:“你有什么计策?”那人说:“我有披着狗皮盗东西的本事。”孟尝君听了笑了笑,就让他去了。当晚那人就披上狗皮,混进秦国的府库里面,取出了孟尝君献给秦王的那件白色狐裘皮。孟尝君把它献给了秦王的宠姬。宠姬在秦王面前为孟尝君求情,秦王便释放了孟尝君。

孟尝君出来之后,立刻更换了出境的通行证,改名换姓以便逃出关。到达函谷关的时候,才刚刚半夜,关门还没有开。孟尝君担心会有追兵,急着想出关,但是按照秦国关法的规定,必须鸡叫时才能允许出入,孟尝君十分着急。这时,宾客中响起了鸡叫声,孟尝君奇怪地看了看,原来是宾客中有个能模仿鸡叫的人。他模仿鸡叫了几声,所有的鸡就都随着一起叫了起来,守关的官吏以为天明了,就打开了关门,孟尝君等人赶紧出了关逃走。

回来之后,孟尝君对这两个宾客说:“这次能够侥幸虎口脱险,多亏了你们。”其他宾客都惭愧自己没有什么功劳,从此之后再也不敢看不起下座的宾客了。

有一个叫冯谖的人身材魁梧,听说孟尝君好客,于是便穿着布衣草鞋来拜见孟尝君。孟尝君问他说:“先生远道而来,是不是有什么指教呢?”冯谖说:“并没有什么指教。我听说您十分好客,而且不论贫穷富贵都愿意结交,我生活贫困,所以想投靠在您的门下。”于是,孟尝君便把他安排在下客所居住的地方。

十天后孟尝君问舍监:“新来的那个宾客平时都做些什么啊?”舍监回答说:“冯先生太穷了,只有一把剑,还连剑囊都没有,用草绳缠绕剑把,挂在腰里。每次吃完饭,他就弹着剑唱:‘长剑啊,回去吧,吃饭没有鱼!’”孟尝君听完之后,笑着说:“他是嫌弃我给他的饭食太简陋了。”于是,就把冯谖迁到中客所居住的地方,吃饭时加上鱼,并让舍监观察他的举动。

五天后孟尝君又向舍监打听冯谖的情况。舍监说:“冯先生仍然弹着剑唱歌,只是歌的内容不一样了,他这次唱的是:‘长剑啊,回去吧,出门没有车子!’”孟尝君听完之后吃惊地说:“难道他是想要做我的上客吗?这个人一定有过人之处。”于是,孟尝君就把冯谖迁到上客所居住的地方,出入时都乘着车子。又过了五天,孟尝君又向舍监打听冯谖的情况。舍监说:“冯先生弹着剑唱:‘长剑啊,回去吧,没有办法养家。’”孟尝君听了之后,皱着眉头说:“这个宾客怎么这么不知道满足呢?”于是就另派人去侍奉他,从此之后,冯谖就不再唱歌了。

就这样过了一年多时间,有一天,有人来报,说是钱庄上没有钱了。原来,孟尝君的食客有三千多人,封邑的收入根本就不够他来供养这么多食客,于是就派人到薛邑放债。但由于今年的收成不好,很多人都无法偿还利息,食客的供奉就快要不能供给了。孟尝君感到十分忧虑,他问身边的人:“可以派谁去收债呢?”舍监回答说:“冯先生也没有什么别的本事,看样子还算老实忠厚,可以

让他去收债。”孟尝君于是就请来冯谖，对他说了收债的事情，冯谖二话没说就答应了，当下就乘着车马前去收债。

到了薛邑之后，冯谖将征集到的十万钱利息酿了许多好酒，买了很多肥壮的牛，贴出告示说：“凡是欠孟尝君钱财的人，不管能不能还得起，都前来集合验证借据。”百姓们听说有酒肉可以吃，都按时来到。等人来齐之后，冯谖就让人把牛宰了置办起酒席，让大家尽情享用，冯谖就在一旁观看其中的贫富情况。吃饱喝足之后，冯谖就拿着借据到席前跟大家核对，凡是能偿还利息的，就和他约定偿还日期；穷得实在不能偿还的，就要回借据，把它烧掉。

然后，冯谖对大家说：“孟尝君之所以放债，是担心你们没有钱生活，并不是为了谋利。但是，孟尝君的宾客有好几千人，如今已经没有钱给他们提供食宿，所以不得已才来和你们征收利息。现在，有钱的，我已经和他约定了偿还日期；没钱的，我已经把借据烧掉废除了债务。有这样的好主人，我们怎能辜负他呢？”在座的人听后都叩头，欢呼说：“孟尝君真是我们的再生父母啊！”

孟尝君听说冯谖把借据烧掉，十分生气，就派人把冯谖召回来。冯谖刚回来，孟尝君就责备他说：“我为了门下三千多食客才在薛邑放债。我封邑的收入本身很少，百姓又不能按时偿还利息，宾客们恐怕连吃饭都成问题了，这才请您去替我收债。听说您收到钱之后就立刻买酒肉置办酒席，并且烧掉了借据，还说是在‘收德’，不知道你收的是什么德？”

冯谖说：“请您息怒，让我慢慢说给您听。如果不买酒肉就不能让大家聚在一块，就不能知道哪些人有钱哪些人没钱。有钱的，我已和他约定偿还日期；没钱的，即使等着跟他讨要十年也不会有，而且时间越久，利息越多。真逼急了，他们就会逃跑从而赖掉债务。如果催得太急，不仅最终什么也得不到，而且国君会认为您贪财好利而不爱惜百姓，百姓则会认为您有背弃和冒犯国君的罪名，这可不是用来鼓励百姓、彰扬您名声的做法。我之所以烧掉没有用处的借据，废除收不回来的空账，就是让薛邑的百姓亲近您从而彰显您的好名声，您还有什么疑惑的吗？”

孟尝君听后，连忙拍手称好。

蔺相如完璧归赵

赵惠文王在位的时候，从宠臣缪贤那里得到一块楚国和氏璧。这块玉放在暗处能发出光芒，而且不会沾染尘埃，能够避邪，也叫做“夜光之璧”。如果放在座位上，能够冬暖夏凉。因为有这种种的好处，所以是个无价之宝。

秦昭王听说了这件事之后，就派人送信给赵王，说是愿意用十五座城池来换这块和氏璧。赵王得到秦国的书信后，就召集大臣们商量对策。如果把和氏璧给秦国，担心受秦国欺骗，到时候既失了和氏璧，又得不到城池；如果不给，又担心惹怒了秦国。大臣李克说：“不如派一个智勇双全的人前去送和氏璧，得到城池就把和氏璧给秦国，得不到城池就把和氏璧带回来。”赵王看了看廉颇，廉颇低下头没有说话。

这时，缪贤说：“我有个门客名叫蔺相如，这个人是个勇士，而且很有智谋，派他去出使秦国最合适了。”于是，赵王召见了蔺相如。他问蔺相如：“秦王想要用十五座城池来换我的和氏璧，你认为可以给他吗？”蔺相如回答说：“秦国强大而赵国弱小，不给恐怕是不行的。”赵王又问：“如果给了他和氏璧，但他却不给我城池怎么办呢？”蔺相如说：“秦国用城池来换和氏璧，如果赵国不给他，那错在赵国；如果赵国给了他和氏璧，而秦国不给赵国城池，那错就在秦国。”赵王说：“我想派人出使秦国，保护和氏璧，你能替我去一趟吗？”蔺相如说：“大王如果没有合适的人选，我愿意带着和氏璧出使秦国。如果秦国给了赵国城池，我就把和氏璧留在秦国；如果秦国不给，我保证把和氏璧完整地带回赵国。”赵王大喜，就将蔺相如拜为大夫，让他带着和氏璧向西出使秦国。

秦王听说赵国派使者前来送和氏璧，十分高兴，就在章台召集群臣，宣蔺相如进宫。蔺相如用包袱包裹着和氏璧，两手捧着献给了秦王。秦王打开包袱，看到和氏璧纯白无暇，宝光闪烁，雕刻得浑然天成，真是一块稀世珍宝。秦王看了一会儿，赞叹不已，又把和氏璧交给大臣传看，大臣们看完之后都高呼万岁。

蔺相如在一旁，很久也没见秦王说起给城池的事情。蔺相如心生一计，他走上前说：“这个璧上有点瑕疵，让我来给您指出。”秦王就把和氏璧交给了蔺相如。蔺相如接过和氏璧之后就靠在殿柱上，怒睁着双眼，对秦王说：“和氏璧是天下的至宝，大王想要得到和氏璧，就派人给赵王写了一封信，赵王将大臣们召集起来商议这件事。大家都说：‘秦王自恃国力强大，想用一句空话来得到和氏璧，补偿给赵国的城池恐怕是得不到。’但我认为平民百姓之间交往尚且不相互欺骗，更何况是大国之间的往来呢？怎么能用不正派的心思来得罪大王呢？因此，赵王斋戒了五天，派我带着和氏璧前来。赵国之所以这样做，无非是尊重大国的威严，表示我们的敬意罢了。可是，现在我来到秦国，大王竟在这简陋的宫殿里接见我，礼数十分怠慢，拿到和氏璧后又将它传给您的大臣们欣赏，实在是太轻慢了。我看大王并没有要给赵王城池的意思，所以我才又取回了和氏璧。大王要是逼急了我，我的头就和这和氏璧一同撞碎在柱子上！”说着便拿着和氏璧，两眼斜看着柱子，想要撞向柱子。

秦王害怕他把和氏璧撞碎，于是连声道歉，并命令官吏按着地图，划了十五座城池给赵国。蔺相如料定秦王只是假装把城池给赵国，实际赵国根本得不到，于是就对秦王说：“和氏璧是天下公认的瑰宝，赵王不想因为这块稀世珍宝而得罪大王。当初，赵王斋戒了五日，召集群臣，送我来到秦国。如今大王也应该斋戒五日，然后在大殿上设隆重的九宾之礼，我才能把这块和氏璧献给您。”秦王想在这种情况下终究是不能强夺和氏璧的，于是就答应了蔺相如，将他安排在公馆歇息。

蔺相如带着和氏璧到了公馆，心想：“我曾在赵王面前夸口‘如果秦国不给城池，我就把和氏璧完整地带回赵国’。如今，秦王虽然答应斋戒，但如果他拿到和氏璧之后，仍然不给赵国城池，我又有什么面脸去见赵王呢？”于是，蔺相如就让他的随从穿着粗布衣服，装作是一般老百姓的模样，怀揣着和氏璧从小路逃回了赵国，并捎信给赵王：“我担心秦国欺骗赵国，所以就让人把和氏璧带回来，我即便是死了，也没有辱没使命。”

再说秦王斋戒五日之后，在大殿上设九宾之礼来接待赵国使者蔺相如。蔺相如从容地走上宫殿，拜见秦王。秦王一看蔺相如的手中没有和氏璧，就问：“我已经斋戒了五日，就等着接受和氏璧，如今你却没有拿来，这是什么缘故？”蔺相如说：“秦国自穆公以来历经二十多个国君，没有一个是坚守信约的。我担心被您欺骗而辜负了赵国,所以已经派人拿着和氏璧偷偷地回赵国了,我罪该当死。”秦王一听,大怒说:“你说我不够敬畏,让我斋戒沐浴,我都做了。如今你却让人把和氏璧带回去了,这不是在欺骗我吗?”于是就下令把蔺相如绑起来。

蔺相如面不改色地说:“大王请息怒。如今的形势,秦国强大而赵国弱小,只会有秦国辜负赵国的事,赵国绝不敢辜负秦国。大王如果真的想要和氏璧,就先割给赵国十五座城池,只要大王派一个使者和我到赵国去拿和氏璧,赵国又怎么敢得到城池而不给您和氏璧呢?我知道欺骗大王是死罪,我请求现在就把我处以汤镬的刑罚,好让各诸侯都知道秦国因为和氏璧的事情诛杀赵国使者,是非曲直自在人心。”

秦王和大臣们面面相觑,一句话也说不出来。左右两边的侍卫想要把蔺相如押下去杀了。秦王制止说:“现在杀了蔺相如也还是得不到和氏璧,反而背上不义的名声,破坏了秦赵之间的友好关系。”于是,就厚待蔺相如,把他放回了赵国。

蔺相如回到赵国之后,赵王认为蔺相如不辱使命,是位贤大夫,于是拜他为上大夫。秦国最终也没有给赵国城邑,赵国也就没把和氏璧给秦国。

廉颇认为蔺相如的功劳没这么大,对蔺相如的分封十分不满意,他常常说:“我是赵国的将军,有带兵打仗、攻占城池的功劳,蔺相如只不过凭着口才立了些功劳,大王就这样重用他,真是不应该。况且蔺相如原来只是个下等人,如今反倒位居高位,我真是替他感到羞耻。”并且扬言说:“只要我见到蔺相如,一定会羞辱他一番。”

蔺相如听说了之后,故意躲避廉颇,不肯和他见面。每次上朝,蔺相如总是借生病推脱,他不想因为职位的高低和廉颇起争执。有一天,蔺相如外出,远远地望见廉颇,马上驾着车子躲开了。蔺相如的门客看到这种情形,就很纳闷地说:“我们当初之所以抛妻弃子来投奔您,就是仰慕您高尚的品格。现在您和廉颇同朝为官,您的功劳也不小,廉将军公开说了那些恶言恶语,您不但不去反抗,反而却一直躲避他,这也有点太胆小了吧。就算是普通人遇到这种事都会觉得羞耻,更何况您这个位居相位的人呢！恕我们无能,请让我们离开吧。”

蔺相如极力地挽留他们,并说:“你们认为廉将军和秦王相比哪个更厉害?”门客说:“当然是秦王厉害了。”蔺相如说:“以秦王的权威,我尚且敢在大殿上呵斥他,羞辱他的大臣们,我难道单单只怕廉将军吗?现在我只是觉得,秦国这样强大,却迟迟不敢进兵赵国,就是因为有我们两个人在。如果我们两个互相争斗,两虎相斗必有一伤。我之所以这样退让,无非是先考虑到国家的利益而把个人恩怨放在后面罢了。”

廉颇听说了这事之后,袒露着上身,背上荆条,由宾客带领着去蔺相如那里谢罪。廉颇对蔺相如说:“我这个粗陋卑贱的人,竟然不知道将军的胸襟如此宽厚。”两个人最终和好,成为生死与共的朋友。

信陵君窃符救赵

长平之战后，赵国的元气大伤，但是秦国并没有因此放弃攻打赵国的计划。秦昭王率领军队将赵国都城邯郸包围了起来。

赵国一面坚守都城，一面派人四处求救。魏王派出大将晋鄙率领十万大军准备前去救援赵国，但是，秦昭王派使者警告魏王说："我迟早是要攻下赵国的，如果哪个诸侯国敢去救援赵国，那么在攻下赵国后，我一定会调遣军队去攻打他。"魏王十分害怕，于是传令晋鄙停止进军，将军队驻扎在邺城，名义上是救援赵国，实际上是持观望态度。没有援兵前来相救，赵国的处境越来越危急。

魏国信陵君的姐姐是赵国平原君的夫人。平原君在多次派人向晋鄙求救无果的情况下,就写信责怪信陵君说:“我之所以愿意高攀和魏国联姻,就是因为公子有高尚的节操,能在人危难之时施以援助之手。现在邯郸马上就要被秦国降服,而魏国的救兵始终没来,公子救人于危难的精神到哪里去了?即便是公子看不起我赵胜,抛弃我,让我降服于秦,难道不可怜您的姐姐吗?”信陵君收到这封信之后,为这件事很发愁,他多次请求魏王,也让宾客中能言善辩的人去劝说魏王。但是魏王惧怕秦国,始终不肯进兵。信陵君估计自己最终也没办法说服魏王,于是就准备了上百辆马车,想带着宾客们一块前去抗击秦军,与赵国共存亡。

当信陵君一行路过城东门的时候,信陵君看见了侯嬴,便把自己准备拼死抗秦的计划详细地告诉了侯嬴,之后便辞别侯嬴,准备上路。侯嬴说:“公子好好努力吧,我年纪太大了,不能跟您去了,希望你不要见怪。”信陵君心里很不高兴,走了几里路,心想:“我对侯嬴已经够周到的了,天下没有不知道的。现在我将要赴死,而侯嬴竟然连句勉励的话都没有,也不阻止我,真是太奇怪了。难道我有什么做得不对的地方?”信陵君总觉得不对,于是,让宾客们停下来,自己驾着马车返回来问侯嬴。

侯嬴站在城门外,看见信陵君回来,笑着说:“我就知道公子会回来的。”信陵君吃惊地问:“你怎么知道?”侯嬴说:“公子对我这么好,如今冒着生命危险去救赵国,我却不去送你,你一定很不高兴,所以会回来问个明白。”信陵君说:“我想是不是自己有什么地方做得不好,让您不满意,所以想回来问问。”侯嬴说:“公子尊重士人,天下闻名。门下的宾客众多,却没有一个人为您出谋划策,只是跟着您去和秦军拼命,这就好比把肉投给了饿虎,有什么用呢?”信陵君说:“我也知道没什么用,但是,我向来和平原君感情深厚,见他有难,我又怎么能置之不理呢？请问先生有什么好计策吗？”侯嬴说：“公子请先坐下，让我慢慢地对你说。”

屏退众人之后，侯嬴对信陵君说：“我听说晋鄙将军的兵符常放在魏王的卧室内，只要把兵符偷出来就能调兵遣将，解救赵国了。我还听说如姬的父亲被人杀害了，如姬三年来一直想为父报仇，但却始终没有办到。如姬对您哭诉这件事，您便派人把她仇人的头砍下献给了她。如姬为了报恩宁愿去死也在所不惜，只是没有机会罢了。现在如姬最受魏王的宠幸，能自由出入魏王的卧室，如果公子请如姬帮忙把兵符偷出来，她一定会答应的。这样一来，您拿着兵符，率领十万大军，既可以救援北边的赵国，同时又可抵抗西边的秦国了。这可是春秋五霸一样的功勋啊！”信陵君听从了侯嬴的计策，请求如姬帮忙，如姬果真将兵符偷出来给了他。

信陵君将要启程时，侯嬴说：“将军在外带兵，有时为国家大局考虑是不受君王指挥的。如果晋鄙将军不把兵权交给公子而又要向魏王请示，那事情一定就危险了。我的朋友屠夫朱亥可以和您一块去。朱亥是个大力士，晋鄙如果听从，那样最好；如果不听从，那就让朱亥把他杀了。”信陵君听了侯嬴的计策，不禁流下了眼泪。侯嬴问：“公子怕死了吗？为什么哭呢？”信陵君说：“晋鄙是个叱咤风云、威武气势的将军，我去了他极有可能不相信，那样的话就要杀掉他。想到就要失掉一个人才，这才不觉流下泪来，哪里是害怕死呢？”说完，就和侯嬴去找朱亥了。

朱亥这个人，侯嬴曾经向信陵君推荐过，信陵君也多次去拜访过，但朱亥从来都不回拜。这次，信陵君前去邀请朱亥。朱亥笑着说：“我不过就是个市井间拿刀的屠夫，而公子却多次亲自来拜访我。我之前不去回拜您是因为我认为这些小的礼节没有什么用处。现在公子有难，该是我为您效命的时候了。”侯嬴说：

“我本来应当和您一块去的,但我年纪大了,不能陪您去了,就让我的灵魂追随着您吧。”说完,就拔剑自杀了。信陵君悲痛万分,给了侯嬴家一大笔钱做安葬费,自己不敢再耽搁,和朱亥乘车直奔赵国而去。

到了邺城,信陵君假传魏王的命令来取代晋鄙。晋鄙核对了兵符后表示怀疑,他举起手来对信陵君说:“现在我率领十万大军驻扎在边境,担负着国家重任。如今你单枪匹马地来到这里要取代我,事关重大,请让我向魏王奏请,我才能交出兵权。”还没说完,朱亥大喝一声:“见到兵符不听从命令,你是要谋反吗?”说完,就掏出藏在袖子里的铁锥,走上前杀死了晋鄙。信陵君拿着兵符,对军中的将士们说:“魏王有令,让我来代替晋鄙将军掌管军队。晋鄙不服从命令,如今已就地正法。三军将士安心听命,不得轻举妄动。”将士们都乖乖地听命。

信陵君掌管了晋鄙的军队后,下令整编军队,规定凡是父子都在军中的,父亲回家;兄弟都在军中的,哥哥回家;没有兄弟的独生子,回家奉养父母。最后挑选了八万精兵去攻打秦军。最终,解救了邯郸,保存了赵国。

再说,魏王在卧室里丢失了兵符,三天后才发现,立刻派人将宫中的角角落落都搜遍了也没找到。又审问了如姬,如姬推说不知道。魏王忽然想到之前信陵君三番五次请求派兵救援赵国,况且他手下的鸡鸣狗盗之徒不少,说不定是信陵君派人偷走了。于是,就派人去宣召信陵君。听到回报说:“信陵君已经在四五天前就带领着宾客救赵国去了。”魏王勃然大怒,想要把信陵君的家眷都关押起来,把那些没跟随他去的宾客全部杀掉。如姬跪下来请求说:“这不是公子的罪过,大王要杀就杀我吧。”魏王诧异地问:“难道是你偷的兵符?”如姬哭着说:“臣妾的父亲被人杀了,大王身为一国之君却不能为我报仇,公子替我报了父仇。我感念公子的恩情,却一直无法报答公子。如今,公子因为姐姐受难而悲伤不已，所以，我才偷出兵符，来成全公子。况且，魏国和赵国本来就是同室，大王忘了同室之情，不去救援赵国。公子只身赴难，如果失败，惩罚他是应该的；但倘若有幸救了赵国，大王的威名就会名扬四海，这对魏国的声誉也是极有好处。到那时，你如何去面对公子呢？”魏王想了想，就没有惩罚信陵君的家眷、宾客，只把如姬贬到冷宫，同时，又派人去打探信陵君胜负的消息。后来听说，信陵君获胜，就把如姬从冷宫里召回，也不再追究信陵君的罪了。

第一辑

格林童话
安徒生童话
王尔德童话
爱丽丝漫游奇境记
绿野仙踪
列那狐的故事
小鹿斑比
水孩子
小公主
秘密花园

第二辑

东周列国志
三十六计
杨家将
史记故事
孙子兵法
森林报
昆虫记
福尔摩斯探案故事
莎士比亚悲剧集
莎士比亚喜剧集

第三辑

好兵帅克历险记
苦儿流浪记
孤女寻亲记
堂吉诃德
飘
简·爱
呼啸山庄
傲慢与偏见
一千零一夜
欧也妮·葛朗台

第四辑

伊索寓言
王子与贫儿
鲁滨逊漂流记
尼尔斯骑鹅旅行记
汤姆·索亚历险记
哈克贝利·费恩历险记
金银岛
神秘岛
白鲸
海底两万里

第五辑

名人传
战争与和平
猎人笔记
双城记
童年·在人间·我的大学
茶花女
漂亮朋友
野性的呼唤
红与黑
父与子

第六辑

国学经典
包公案
狄公案
济公传
老残游记
儒林外史
儿女英雄传
古文观止
三言
二拍

第七辑

悲惨世界
巴黎圣母院
三个火枪手
上尉的女儿
理智与情感
基督山伯爵
钢铁是怎样炼成的
莫泊桑短篇小说选
汤姆叔叔的小屋
雾都孤儿

第八辑

红楼梦
西游记
三国演义
水浒传
聊斋志异
说岳全传
三侠五义
封神演义
隋唐演义
镜花缘

第九辑

弃儿汤姆·琼斯史
小妇人
母亲
小海蒂
柳林风声
唐宋传奇
搜神记
曾国藩家书
琵琶记
元代戏曲选编

第十辑

波丽安娜
海狼
红字
高老头
包法利夫人
苔丝
复活
名利场
罪与罚
死魂灵
希腊神话
木偶奇遇记